AF236313

Eigentlich

Angesammeltes

G. Obermeir

Für Lena und Valentin

Mein besonderer Dank geht an Hannah,
Yuriy, Thomas, In-Ja und Cornelia.

© 2021, Gabriela Obermeir
Herstellung und Verlag: BoD – Books on Demand, Norderstedt
ISBN: 9783754320822

Vorwort

Warum eigentlich "Eigentlich"?

Das Wort "eigentlich" wird in Österreich gern verwendet und sagt eigentlich nichts aus. Außer vielleicht die Unentschlossenheit, Gemütlichkeit und Unsicherheit der Österreicher:innen. "Eigentlich" ist ein Teil der österreichischen Seele. Dieses Wort mit intensivem Sprachgebrauch ist für Österreich und seine Österreicher:innen die Brücke zwischen wollen und sollen, müssen und dürfen, zwischen Kritik und Lob, Lust und Unlust.

Es war Hannahs Idee:„Ich mag deine Geschichten. Du hast so viele Geschichten. Mach doch ein Buch daraus!".

Ja, ich habe viele Geschichten, die sich auf meiner Festplatte und in den Tiefen der Cyberwelt angesammelt haben. Ich schreibe sie aus Zorn, aus Liebe, aus Achtung, aus Wehmut, aus Spaß und auch, damit die Welt es erfährt. Was soll die Welt erfahren?

Sie soll erfahren, was hinter den Kulissen passiert. Ereignisse und Erfahrungen, die ich mache und gemacht habe in der Ausnahmesituation, in der ich lebe.

Und trotz all dem Zorn und der Wehmut über die Situation, will ich immer der Lebensqualität Platz schaffen und lassen. Schließlich lebe ich ja nur einmal. Nur ein einziges Mal!

Es war Hannahs Idee, während sie mir den, schon kalt gewordenen, Frühstückskaffee zum Mund reichte.

Hannah ist eine meiner Persönlichen Assistentinnen, die mich seit einigen Jahren durch den Alltag begleiten, um ihn bewältigen zu können. Es waren deren schon viele in meinem kleinen Universum. Einige hinterlassen Spuren. Hannah auch.

Wien im Juni 2021

Eigentlich ohne Titel

Eigentlich bin ich ein feiger Mensch
Ich verstumme schnell in fremder
Gesellschaft, weil ich mir so lange
Gedanken über das Unausgesprochene
mache, bis es an Wichtigkeit es
auszusprechen verloren hat. Ich gehe
unangenehmen Dingen so lange aus dem
Weg, bis die Schlinge um den Hals so eng
wird, dass ich keine Luft mehr bekomme
und mich konfrontieren muss. Ich hatte
immer schon Scheu allein ein Lokal zu
betreten, weil ich nicht mal für den
kurzen Augenblick des Betretens im
Mittelpunkt stehen will. Ich ziehe mich
gern zurück, um Anderen keine
Rechtfertigung über mein Tun und Sein
geben zu müssen. Ich habe oft Angst

Wahrheiten sagen zu müssen, wenn sie den anderen verletzen könnten. Mir fehlt Courage auszusteigen.

Eigentlich bin ich ein mutiger Mensch. Ich wehre mich gegen Ungerechtigkeiten und nehme nicht alles stillschweigend hin unter dem Motto: "Da kann man halt nichts machen". Ich konfrontiere unangenehme Zeitgenossen auch mitunter mit unrunden Worten. Ich kann frech sein mit gewissem Sarkasmus und übe das gerne aus, um andere aus der Reserve zu locken. Ich nehme gerne meinem Gegenüber den Wind aus den Segeln, wenn ich eine Möglichkeit dazu habe.

Eigentlich bin ich ein trauriger Mensch.

Ablehnung und Ignoranz machen mich kaputt. Dummheit ist mein größter Feind. Menschen, die mich verletzten, schwimmen in meinem Tränenfluss davon. Traurig ist die Mobilität, die ich nicht habe. Ich male mir oft aus, wie es wäre, das körperlich bessere Leben. Ich würde in den Wald Schwammerl suchen gehen, das macht mich glücklich. Ich würde von einem Felsen kopfüber ins Meer springen, das macht mich frei. Ich würde in einem Haus mit meinen Kindern und einer Freundin leben, das macht mich zufrieden. Ich würde jeden Tag mit dem Fahrrad den Donaukanal entlangfahren, das macht mir ein gutes Körpergefühl. Meine Herkunftsgeschichte macht mich traurig. Und es machen mich die vielen Menschenrechtsverletzungen im kleinen wie im großen Rahmen sehr traurig. Die Missachtungen, die Unvorsichtigkeiten, der Eigennutz und wie noch vieles mehr, das Desinteresse.

Eigentlich bin ich ein lustiger Mensch. Ich liebe das Lachen und manchmal gelingt es mir sogar andere dazu zu motivieren. Ich verdrehe gerne Eigennamen von Persönlichkeiten. Wie Arnold Schwarzenegger wird zu Arnold Warzenschlecker, Bruce Willis wird zu Schuss Willis, Karin Resetarits wird zu Karin Resisagnix, Alois Mock zu Amok Lois, Milosevic zu Miloscheissvic. Das macht mir echt Spaß. Und ich bilde gerne Wortketten mit Freunden. Ach, was haben wir schon gelacht! Dienstagsnervositätsmittelüberdosis

oder Schildkrötenschlatzspurensuche.
Lachen ist gesund und hat für mich den
höchsten Faktor an Lebensqualität.

Eigentlich bin ich ein emotionaler
Mensch.
Ich liebe mit allem was ich habe bis zur
Bedingungslosigkeit. Hass kenne ich
nicht. Wut bringt mich schon genug aus
meinem Lebenskonzept. Ich sehe, höre
und spüre meine Gefühle und handle in
vielen Dingen zu spontan in der
Emotionalität und zu emotional in der
Spontaneität.

Eigentlich bin ich ein schwacher Mensch.
Ich kann mein Ich schwer lenken – es
treibt vor sich hin. Ich kann schwer "Nein"
sagen. Ich kann schwer an mich denken.

Eigentlich bin ich ein starker Mensch. Ich lebe und handle nach der sozialistischen Dialektik. Das macht mich stark. Alles ist in Bewegung. Die Gegensätze der Naturgesetze bestimmen das Leben. Minus bedingt Plus, positiv bedingt negativ. Diese Theorie sagt vieles für mich. Nach dem Tief kommt wieder ein Hoch. Es kann mich nichts mehr erschüttern, außer es passiert etwas mit meinen Kindern. Die Opferrolle steht mir nicht, denn sie ist statisch und leidend. Ich muss kämpfen.

Eigentlich bin ich ein glücklicher Mensch. Meine Kinder sind stark. Mein Geist ist wach. Meine Seele ist gesund.

Die Donau

Die Donau entspringt im Schwarzwald und mündet bei Odessa in das Schwarze Meer. Das habe ich in der Schule gelernt und da gibt es auch ausnahmsweise nichts daran zu rütteln. Die Donau fließt aber auch durch mein Leben und egal, wo es mich hin verschlug, sie war immer in meiner Nähe, wenn es um Sesshaftigkeit ging.

Die Donau fließt durch Linz, dort bin ich geboren und zwei Jahrzehnte aufgewachsen. Über die Donau führt die Nibelungenbrücke. Sie teilt Linz in zwei Teile. In Linz eben und in Linz- Urfahr. Wahrscheinlich ist das kleine Urfahr irgendwann zu Linz dazu gewachsen oder Linz hat sich das kleine Urfahr einfach genommen. Die Nibelungenbrücke verbindet Linz mit Linz-Urfahr und ihre Brückenköpfe auf der Linzer Seite sind ein Relikt von Adolf Hitler. Vor mehr als einigen Jahren haben die merkwürdigen Linzer auch auf der anderen Seite in Urfahr zwei Brückenköpfe hingebaut, aber das ist eine andere Geschicht 1977 richtete sich plötzlich die Nike zwischen den Brückenköpfen gen' Himmel. Eine Aluminiumkonstruktion der internationalen Architekten-Gruppe Haus-Rucker-Co der kopflosen und beflügelten griechischen Siegesgöttin. Das war ein Aufruhr unter den Linzern und spaltete die Bevölkerung. "Fetzenvogel!" sagten die einen, "Endlich tut sich was in der Provinz!" sagten die anderen. Nicht nur die Leserbriefspalten, vor allem in den Oberösterreichischen Nachrichten, waren gefüllt. Zu den Befürworter:innen zählten Christo, Joseph Beuys, Friederike Mayröcker und Ernst Jandl. Nach mehr als zwei Jahren wurde die Nike in einer Nacht und Nebelaktion wieder abmontiert und nach Frankfurt gebracht. War wohl damals zu viel Kultur für die rotbackigen Linzer. Seit 2016 ist sie zurück und wieder in der Nähe der Donau, im Zentrum montiert. Auch das ist Linz.

Die Donau fließt auch durch Greifenstein. Dort habe ich ein halbes Jahrhundert meine Sommermonate verbracht. Am Donauufer entlang erstreckt sich eine alte Badesiedlung, deren Häuser auf

Stelzen gebaut sind. Hochwassergebiet.
Vor dem Kraftwerksbau Anfang der
1980er Jahre war die Donau einmal im
Jahr sehr wild und trat über die Ufer in
die Siedlung hinein. Plötzlich war nur
über den "Seeweg" ein Einkauf im Ort
möglich. Wir Jugendlichen paddelten mit
unseren Kanus unter den Häusern
hindurch und ließen uns nicht von
Feuerwehr und Hochwasserschutz
verjagen. Im Sommer fuhren wir von
Greifenstein mit dem Zug nach Tulln und
schwammen von dort über die Donau. Sie
trug uns bis nach Korneuburg. Dort
stiegen wir aus dem Wasser, fuhren mit
der Fähre wieder auf die andere Seite
und mit dem Zug zurück nach
Greifenstein. Im Badeanzug. Wir machten
Wettschwimmen zu einer Boje mitten auf

der Donau und uns beim DDSG*-Steg, wo wir heimlich rauchten und uns küssten.

Die Siedlung wird von hoch oben durch die Burg Greifenstein beobachtet, auf der seit dem 14. Jhdt. der Geist eines Ritters auf seine Erlösung wartet.
"Greif in den Stein" heißt die Sagen umwobene Aufforderung an die Vorbeiziehenden, um den Stein so lange auszuhöhlen bis der Geist befreit ist. Die Donau fließt auch durch Ottensheim an der Donau. Ich packte in der Früh meine Schultasche und ging aus dem Haus. Ich ging aber nicht nach rechts, Richtung nahe-gelegenem Schulgebäude, sondern nach links, Richtung nahegelegener Linzer Donaulände. Ich trampte jeden Tag zu meinem Freund nach Ottensheim.

Mit der Schultasche natürlich. Nach zwei Wochen kam ein Brief vom Gymnasium. Nie wieder Schule.

Die Donau fließt auch durch Wien. Dort bin ich irgendwann in meinem Leben gestrandet. Genauer gesagt, ganz in der Nähe des Donaukanals. Hier möchte ich bleiben und einmal in diesem Leben mache ich es noch, ich befahre die Donau bis Odessa! Dann bin ich angekommen.

* Donaudampfschifffahrtsgesellschaft

Musik

Wenn ich daran denke … daran, als wir fünf Mädchen waren im Haus Steingasse 7 in Linz. Wir waren fünf Kusinen, die gemeinsam groß wurden. Wir saßen im Birnenbaum, bis uns die grünen Birnen im Magen lagen. Wir „twistelten" mit der Gummischnur bis zur Erschöpfung. Wir tauschten PEZ-Figuren und spuckten Kirschkerne über die Gartenmauer. Was so kleine Mädchen im Rudel eben alles machen. Was wir aber noch machten war, wir spielten alle das Klavier. Irgendeine von uns Mädchen hörte man im Haus immer in die Tasten klopfen. Unsere Familien hatten jeweils einen großen

Klavierflügel in der Wohnung und es war ein ungeschriebenes Gesetz, dass wir Mädchen auf dem Flügel das Klavierspiel lernten. Da gab es auch überhaupt keine Diskussion, falls wir das nicht wollten. Onkel Fredi (er spielte das Jazzklavier) brachte es seinen Töchtern selbst bei. Wir, meine Schwester und ich, lernten bei Schwester Cäcilia. Sie war eine Nonne der katholischen Kreuzschwestern. Den heimlichen Spitznamen „Zezn" gaben wir ihr wegen der großen Warze auf ihrer Hakennase. Sie war sehr streng, aber freundlich.

Das ganze Haus war voller Musik. Onkel Fredi spielte auch noch den Kontrabass, Tante Luise spielte die Zither und meine Mutter, Lindi, sang jeden Sonntag laut und zumindest mit der richtigen Überzeugung die Oper La Traviata, die sich auf unserem Plattenspieler drehte, mit. Ein Duett mit Maria Callas gewann jedoch immer die Callas. Musik! Musik.

Die ersten zwei Jahre Klavierunterricht bei Schwester Cäcilia waren für mich als Volksschulkind die reinste Hölle. Tonleitern rauf, Tonleitern runter. Akkorde rauf, Akkorde runter. Zwei Jahre durfte ich nichts anderes spielen und da gab es auch keine Widerrede, wenn es jeden Tag ans Üben ging! Letztendlich spielte ich jedoch 18 Jahre, davon zwei Jahre sehr unwillig, zwei Jahre weniger unwillig und 14 Jahre gerne.

Valentin war ein musikalisches Kind. Mit zwei Jahren schon wickelte er das Band aus der Musikkassette und schliff die

Kassette hinter sich her, wie seine gelbe Holzente. Später hatte er Riesenspass mit dem Kinder-Schlagzeug und in der Waldorf-pädagogischen Volksschule spielte er auf der Pentatonflöte. Auch wuchs Valentin mit meiner "Hausmusik" auf. Meine Hausmusik, das waren Hip-Hop Bands wie „Boogie Down Production". Sie plärrten nahezu täglich aus meinem Küchen-Mono-MC-Radio durch unsere 2-Zimmer Altbauwohnung. Meistens beim Kochen. Überhaupt konnte ich mir ohne „Boogie Down Production" keine Haushaltsührung vorstellen. Mit drei Jahren bekam Valentin einen eigenen Kassetten-Rekorder. Der stand am Küchentisch neben seinem Platz, nicht so wie meiner auf der Waschmaschine. Ein robustes

Teil, das sämtliche Kakao-Angriffe überdauerte. Noch im Kindergartenalter war Schluss mit „Schni, Schna, Schnappi". Es zählte einzig und allein „Ba Ba Banküberfall" und „Ich bin der Märchenprinz", wenn er auf das Essen wartete. Erste Allgemeine Verunsicherung stand Anfang der 90er Jahre hoch im Kurs und das auch bei meinem Sohn.

Mein sehnlichster Wunsch war, dass Valentin mit acht Jahren anfängt das Akkordeon zu spielen. Das kleine, rote Akkordeon meiner Schwester stand ungespielt in einer Ecke. Es ist ein wundersames Instrument! Ein tragbares Orchester, sozusagen. Doch alle meine Argumente fruchteten nicht, Valentin entschied sich für das Cello. Heureka!

Schon oft habe ich gehört, wie schwierig Streichinstrumente zu erlernen sind. Wenn nicht sogar am schwierigsten von allen Instrumenten. So, wie ich Klavier gelernt habe, gilt es vor allem die ersten zwei Jahre der langweiligen, technischen Übung zu überwinden. Dann geht alles nahezu von selbst. Valentin und auch ich nahmen die Herausforderung an. Und es war eine Herausforderung! Unser Alltag veränderte sich, um nicht zu sagen er erweiterte sich um eine zusätzliche Aufgabe. Das tägliche Üben.

Zu dieser Zeit las ich ein Interview von Toni Stricker (österr. Geigenvirtuose), der behauptet: Es hat nur Sinn für ein Kind ein Instrument zu lernen, wenn es ab dem vierten Lebensjahr nichts anderes will, als ein Instrument zu lernen. Aber, auf welches Kind trifft das zu? Jeden Tag setzte ich mich auch zum Cello und versuchte, Valentin zum Üben anzuhalten. Die ersten beiden Jahre verliefen noch sehr gut. Im dritte Jahr hatte Valentin schon viel "Besseres" zu tun und es verging kein Tag ohne Diskussion wegen dem Cello. Schließlich waren da noch Freunde und ein Skateboard und die Schule!

Ein Gespräch mit der reizenden und geduldigen Musiklehrerin Martha war sehr aufschlussreich: "Wahrscheinlich ist das Cello nicht das Richtige. Dem Valentin fehlt das Feuer, er übt zu wenig." Das war es dann mit dem Erlernen eines Instrumentes, soweit es in meiner Hand liegen konnte. Es folgten Jahre erfüllt von Prince, Nirwana, Boogie

Down Production, Rage Against The Machine, Red Hot Chili Peppers, System Of A Down und viele mehr.

Irgendwann erlernte Valentin die Gitarre ganz von selbst und entwickelte sich zu einem Musiker, der viele Instrumente, die er in die Hand nimmt, spielen kann.
Sein Tonstudio beschäftigt sich mit Rap und Hip-Hop und heute noch bin ich an seiner Rap- und Hip-Hop-Liebe schuld, wegen „Boogie Down Production" in unserer Küche ... angeblich. Ob die Kusinen noch Klavier spielen, entzieht sich meiner Kenntnis. Mit 24 bin ich ausgezogen aus der Steingasse 7 in Linz. Die Erinnerung bleibt und Musik steht seit vielen Jahren im Mittelpunkt von Valentins Leben.

Tanten

Ich hatte einmal eine Tante. Ich hatte viele Tanten, Großtanten und auch eine Urgroßtante. Aber die eine, die ich meine, hieß Hermi. Tante Hermi. Wahrscheinlich stand im Taufschein wohl Hermine. Meine Familie jedoch spezialisierte sich auf Liebkosungs- und Abkürzungsvarianten der Vornamen ihrer Mitglieder. Mucki, Wusi, Ami, Wickerl oder Hermi und viele mehr. Tante Hermi hatte einen Hut, den sie immer trug. Sie war groß und auch dick. Außerdem brachte Sie mir immer ein Weißwurstsemmerl mit. Weißwurst ist eine oberösterreichische Spezialität, die sich die Oberösterreicher mit großer Wahrscheinlichkeit von den Bayern abgeschaut haben oder umgekehrt. Prinzipiell kann man sagen, dass sich Oberösterreich und Bayern sehr ähnlich sind.

Zurück zu Tante Hermi. Ich kann mich nur an das Weißwurstsemmerl erinnern und meine absolute Sympathie ihr gegenüber.

Die Mutter von Tante Hermi war die „Schwarze Oma". Beide waren schon alt und lebten noch immer gemeinsam in Zimmer-Küche-Kabinett.

Die Schwarze Oma hatte, altersbedingt, grauweiße, kurze Haare und lange, buschige, schwarze Augenbrauen. Ich weiß nicht mehr wie die Schwarze Oma hieß, denn ich habe sie zur Schwarzen

Oma gemacht und dadurch ihren Namen aus meinem Gedächtnis gelöscht. Jedenfalls aber benannten sie anschließend mehrere Familienmitglieder als Schwarze Oma. Die Schwarze Oma brauchte die Tante Hermi. Und was brauchte Tante Hermi? Ich weiß es nicht. Was ich aber weiß ist, sie hatten alle beide keine Männer. Wenn ich ins Leichtathletik Training ging, kam ich immer am Haus vorbei, wo sie wohnten. Irgendwann ging ich nicht mehr ins Leichtathletik Training und irgendwann kam die Tante Hermi auch nicht mehr mit dem Weißwurstsemmerl.

Eine meiner Großtanten war Tante Gretl. Wahrscheinlich stand in ihrem Taufschein Margarete. Aber Tante Gretl hatte noch einen Namen in der Familie. Manche

nannten sie "Dane". Es entzieht sich
meiner Kenntnis warum und wieso
"Dane". Für mich war sie Tante Gretl. Sie
saß im Rollstuhl, hatte lange, weiße, sehr
gepflegte Haare und ein wunderschönes
Gesicht. Einst war Tante Gretl Tänzerin
bei Grete Wiesental. Sie wiederum war
die erste Choreographin und Tänzerin,
die den Wiener Walzer als Ausdrucksform
präsentierte.

Tante Gretl hatte keine Kleider an,
sondern Stoff-, und Wollbahnen, die sie
mit Sicherheitsnadeln zusammenhielt.
Auf einer
Sicherheitsnadel hingen ihre Eheringe.
Sie hatte schöne, lange Finger, die sich
aufgrund einer Erkrankung nach oben
bogen. Ich besuchte sie sehr gerne auf
dem Bauernhof im Salzkammergut.

Einmal fragte sie mich: "Gaberl, hast einen Hunger?" Ich nickte, in meinem Alter von sechs Jahren, schüchtern mit dem Kopf.

"Schau, dort unten, unter dem Bett liegen zwei Orangen! Bring sie!" Ich schaute ihrem Zeigefinger nach und da lagen unter dem Bett zwei Orangen, eingebettet in einer Staubwolke. Ich brachte die Orangen Tante Gretl und sie schälte sie mit ihren gepflegten, verbogenen Fingern. Trotz Staubmantel schmeckten die Orangen einwandfrei. Jedoch dachte ich auch an Orangen zu Hause. Die waren in einem Obstkorb und der Obstkorb stand auf dem Küchentisch. Nicht unter dem Bett.

Der großzügige Assistent

Mit der Großzügigkeit ist es so eine Sache. Schön ist sie, solidarisch und menschlich! Die Großzügigkeit wird immer gerne angenommen, auch von denjenigen, die selbst nicht großzügig sind (vielleicht werden sie es ja noch). Solange man die Großzügigkeit in Eigenverantwortung betreibt und nicht, im wahrsten Sinn des Wortes, auf Kosten anderer, ist sie auf jeden Fall etwas Gutes.

Der folgende Vorfall lässt zuweilen Zweifel über den richtigen Einsatz dieses Begriffes aufkommen. Denn, handelt es sich hierbei um eine gut gemeinte Großzügigkeit gespickt mit ein bisschen Großmut? Und, geht vielleicht der Großmut schwimmend über in Ansätze von Größenwahn? Oder sind es Annäherungsversuche an blinden Gehorsam? Vielleicht ist es aber auch schlichtweg das mangelnde Grundverständnis handelsüblicher Geschäftsgebarung, die Paul an dieser Aufgabe scheitern ließen.

Fakt ist: Es gilt für Paul ein auf

USB-Stick gespeichertes Foto (Plakat) zu einem physischen Original zu transformieren. In Selbstbestimmung hat man sich schon über den Preis erkundigt. 30 Euro darf es maximal kosten. Man schickt Paul in einen Copyshop im nahen Umfeld. Zurück kommt er mit einem

Foto-Plakat, keinem USB-Stick und 0 Euro. Fragen Sie sich jetzt auch, was passiert ist?

Hier ist Spurenanalyse und Rekonstruktion angesagt: Nach Pauls Darstellungen hat das Plakat genau 30 Euro gekostet. Der USB-Stick war wohl dort vergessen worden. Um über den Verbleib des Sticks sicherzugehen, ruft man im Geschäft an. Der Stick liegt dort auf der Budel und der Herr war ein bisschen merkwürdig, erfährt man.

Wieso? Paul hat auf einen Preis von 30 Euro bestanden, obwohl die Dienstleistung nur 18 Euro gekostet hat. Offensichtlich stehen meine Worte über allem und sind für ihn Gesetz, welches er auch mittels Rechnung beweist.

"Das Gesetz bin ich", hörte man schon

einmal im Leben von einer ehemaligen
Vorgesetzten und vermied es bisweilen,
in die Nähe solcher Wertvorstellungen zu
rücken. Man fühlt sich zwar geehrt, dass
das Ausgesprochene als Gesetz gilt, doch
würde man nie 12 Euro dafür bezahlen.
Die Großzügigkeit kostet ohnehin genug.

Was bleibt übrig? Ein Loch von 12 Euro,
ein Paul der verlegen zurückläuft, um den
USB-Stick zu holen und die Sicherheit,
dass es sich hierbei um blinden Gehorsam
handelt.

Al dente

Wie schon hunderte und aberhunderte Male davor, widmet man sich dem Abwasch. Dem Handabwasch, wohlgemerkt! Von der Arbeitserleichterung eines Geschirrspülers hört man bislang nur. Auch der Spaghetti-Topf vom Vortag kommt unter die Finger. Eine Spaghetti klebt am Boden des Topfes und ist äußerst hartnäckig. Da reicht der mit Spülmittel eingetauchter Schwamm nicht. Die Fingernägel sind zwar kurz, aber trotzdem scharf. Man beginnt an dem corpus delicti zu kratzen. Plötzlich macht sich die Spaghetti selbstständig, sie geht in die Offensive! Dabei rast sie mit einer ungeheuren Geschwindigkeit unter den Nagel des Mittelfingers. Der Stinkefinger, sozusagen.

Au weh! Au weh! Au jemine! Hier kann man wohl nicht die altbewährte Methode anwenden, von wegen wird so schnell wieder weggehen, wie es gekommen ist. Wie soll eine Spaghetti von selbst wieder weggehen? Es pocht im Finger und es brennt ganz außerordentlich. Rund um den Nagel entwickelt sich ein prächtiges Farbenspiel. Am nächsten Morgen ist der Stinkefinger zu einer ungewöhnlichen Größe mutiert. Hochschwanger sucht man das nächste Unfallkrankenhaus auf. Man durchläuft das übliche Prozedere, beginnend beim Röntgen: "Was haben Sie? Eine Spaghetti unter dem Nagel? Die war sicher ordentlich al dente! Hahahaaa!", hört man nicht nur einmal, sondern von jedem Arzt oder MTA. Mit eingeschlossen das Pflegepersonal bzw. die Wundversorger:innen. Da man sich prinzipiell leicht verletzt, war man schon öfter in diesem Unfallspital und hört noch dazu: "Na, Frau Obermeir, diesmal haben Sie sich aber etwas ganz Besonderes einfallen lassen!". Unpassende Kommentare, denkt man, während man sich vor Schmerzen krümmt. Der Beschluss der Ärzteschaft führt zum Auskratzen des Fingernagels unter örtlicher Betäubung. Die Spaghetti ist ja mittlerweile zu Teig geworden. Logisch. Alles feucht unter dem Nagel. Der Leser, die Leserin darf sich das ruhig auf der

Zunge zergehen lassen. Obwohl man die direkte Behandlung nicht spürt, kann man ein Lied von den anschließenden Schmerzen singen. Der Finger hat inzwischen eine Elefantengröße erreicht. Der nächste Tag beginnt mit einer Taxifahrt ins Unfallkrankenhaus. "Na dann, Frau Obermeir, müssen wir halt gröber werden und den Fingernagel entfernen". Schwuff! Schon viel hat man der Ärzteschaft im Lauf des Lebens geopfert, aber noch nie einen Fingernagel! Sonnenklar ist es, den Ärzten in diesem Fall kein Paroli bieten zu können und man verabschiedet sich von diesem besten Stück. Mit Verband wirkte die Stinkefinger-Geste jetzt direkt beängstigend. Man tut ohnehin besser daran diese Geste nicht zu verwenden, damit nicht noch ein größeres Desaster an Verletzungen aufkommen kann.

Die anschließende, wöchentliche Wundversorgung ist ein Kapitel für sich. Ja gewiss, es war 1993 und die medizinischen Mittel, auch in der Wundversorgung, waren noch nicht so weit ausgereift wie heute. Jedenfalls verklebte sich der Mullverband regelmäßig mit dem zarten Fleisch unter dem ehemaligen Fingernagel. Man hat ja wirklich Verständnis für die Verbandsschwestern in so einem Krankenhaus. Wahrscheinlich können sie nach Dienstschluss alles lieber sehen als Verbände, Mull, Leukoplast und PatientInnen etc... Aber einer hochschwangeren Frau den verklebten Mull einfach runterzureißen , ohne

Rücksicht auf etwaige Zustände, empfindet man schlichtweg als brutal.

Jedes Mal, acht Wochen lang, geht man die Wände hoch vor Schmerzen beim Verband wechseln.

Die Zeit heilt alle Wunden, so auch meine. Ganz sicher kratze ich nie wieder mit dem Fingernagel eine eingetrocknete Spaghetti aus dem Topf. Schon gar nicht al dente!

Scheiden tut weh

Ich bin kein Pfleger, Schatz! Ich habe nur ein Leben, Schatz! Du wirst sicher einen netten Rollstuhlfahrer finden, Schatz! Auch für dich wird es noch Möglichkeiten im Leben geben, Schatz! Ich liebe eine andere, Schatz!
Diese Sätze sitzen tiefer als tief. Wohl hat man schon dergleichen mit Unverständnis vernommen. Von anderen. Von Gleichgestellten. Jedoch ein ähnliches Schicksal nicht nur ausgeschlossen, sondern auch erst gar nicht in Erwägung gezogen. Die Krankheit war ihm immer bekannt, schon vor der Hochzeit. Gewiss, damals war

man noch mobil und nicht auf Hilfe angewiesen. Aber die Prognose der fortschreitenden Verschlechterung war immer klar und eindeutig. Es verhielt sich so, als würden die körperlichen Ausfälle in den 27 Beziehungsjahren mitwachsen wie die beiden Kinder. Dachte man zumindest. Sämtliche Vorschläge von therapeutischen Maßnahmen wurden von ihm in den letzten Jahren abgelehnt. Denn, die Ausnahmesituation einer schweren Erkrankung ist ja nicht nur für den Betroffenen eine Herausforderung. Erst recht für Angehörige und für die Beziehung an sich, seit man ein gehöriges Quantum an Mobilität und Selbständigkeit verloren hat. Nein, das brauche ich nicht. Nein, das sollen andere machen – hieß es.

Und jetzt? Die Überforderung ist ihm zu groß, das Leben zu kurz, die neue Frau viel unbeschwerter. Jetzt wo man im Rollstuhl sitzt und schon 50 Jahre "geschafft" hat im Leben, ist man plötzlich alleine und gilt es sich von Grund auf neu zu ordnen. 25 Jahre hat man mit ihm auf- und abgebaut. Das Schiff "Familie" unerschütterlich versucht ober Wasser zu halten. Hat unterstützt, hat verstanden und geholfen. Was man eben alles gerne so tut innerhalb eines Gefüges. Was bleibt übrig? Man will die Scheidung und bemüht das Gericht. In der Hoffnung "alles wird gut" schiebt man diesen Schritt schon wochenlang vor sich her. Muss jedoch erkennen, dass die Frage nach Unterhalt, Witwenpension, die gemeinsame Wohnung, das gemeinsame Auto, die gemeinsamen Kinder, die gemeinsamen Jahre und vieles mehr offenbleibt. Und auch seine vorhandene Beistandspflicht und deren Verletzung will nicht außer Acht gelassen werden. Auch, oder vielleicht erst recht, hat man als Mensch mit Behinderung das Recht auf Beistand und der Gatte die Pflicht. Auch wenn die Grenzen dieses Begriffes verschwinden und die Bedeutung in der Praxis nicht klar definierbar ist.

Um dem Verlangen zu entsprechen in den dritten Stock des Bezirksgerichtes zu kommen, benötigt man drei Aufzüge und durchrollt drei lange Gänge. Die Aufzugskabinen sind klein … sehr klein. Ohne Hilfe ist es nicht zu bewerkstelligen in die letzte dritte Kabine mit dem

Rollstuhl hineinzufahren. Prädikat:
"nicht behindertengerecht".
Zimmer 325 präsentiert sich als
wunderschöner, großer Alt-bauraum, in
dem drei Damen ihre Mittagsjause
verzehren.

"Karin, da will sich wer scheiden lassen!
Nemmas noch dran? Es is scho halb 12!"
ruft eine der Ruhebedürftigen, die
vielleicht vergessen wollte, dass die
Parteienverkehrszeiten von
08 bis 13 h nur dienstags ihre
Berechtigung haben. Und es ist Dienstag!
Man staunt und hofft diese Barriere überwinden zu können, hat man diesen Weg
doch endlich mit allen dazugehörenden
Hindernissen von Selbstzweifel über
Gewissenskonflikte getraut zu
beschreiten und ist sich nicht sicher, ob

man zu einem weiteren Anlauf in der Lage ist.

Der Mann wird am Zerfall der Ehe allein schuldig gesprochen und bekommt die Ehescheidungsklage. Und was jetzt? Man holt sich einen feuchten Händedruck von der Richterin ab und stellt sich die Frage, ob es denn "legitim" sei, 27 Jahre vor Gericht zu beenden. Geht es nicht auch um innere Größe, Großmut und Einvernehmen im Leben? Statistisch gesehen ist die Tendenz der Scheidungen in Österreich stark ansteigend. Zwar lässt man/frau sich nicht mehr scheiden, weil der Pudding nicht schmeckt oder der Partner die Zahnpastatube nach Gebrauch nicht verschließt. Aber die Überzeugung, dass der indirekte

Scheidungsgrund "Krankheit" eine große Rolle spielt, will man sich nicht nehmen lassen. Zumal man es auch schon oft vernommen hat. 900.000 Österreicher sind allein von psychischer Erkrankung betroffen (offiziell!). Ein Wunder in dieser Gesellschaft voll von Neid, Mobbing, Falschheit und Korruption? Und 1,6 Millionen Österreicher leben mit körperlicher Behinderung. Selbst wenn dies keinerlei Einfluss auf die eigene Situation hat. Trotzdem. Das Bewusstsein mit dieser Problematik nicht allein zu sein tut gut.

Scheiden tut weh und eben weil es weh tut habe ich die innere Größe nicht, Schatz! Auch ich habe nur ein Leben, Schatz!

Glauben

Am Anfang war das Wort "Glaube". Möglicherweise brauchte man anschließend eine Ausdrucksform, um den Glauben hinterfragen zu können. Nämlich das Wort "Glaubhaftigkeit". Jedoch, mit der Glaubhaftigkeit ist es so eine Sache, vor allem mit der religionsumwobenen. Hier wird nämlich die Glaubhaftigkeit oft mit der Wahrhaftigkeit verwechselt. Wer will ihm schon die Wahrhaftigkeit absprechen? Ihm, dem das Leid besser steht als die Freud'. Ihm, der das letzte Brot, den letzten Fisch, mit Allen teilt und jeder wird satt. Ihm, der jede einzelne Kreatur auf diesem Erdball liebt und das seit über 2000 Jahren. Ihm, der zwar gestorben, aber nicht tot ist. Ihm, der uns zeigt wie wir unsere Schuld an allem in Demut abbüßen dürfen. Nein, er ist wahrhaftig! Und jede Anzweifelung dessen, endet auf einer kalten Holzbank.

Man wächst mit Domglocken auf, die ins Kinderzimmer bimmeln. Am Abend spricht man sein "Jesukindi bleib bei mir, mach ein frommes Kind aus mir" und am Morgen besucht man die Volksschule der Kreuzschwestern. Man hört spannende, wenn auch fragwürdige, Geschichten und zeichnet ein kleines Butzi in einem Stall. Dazu noch Esel und Kuh. "Mein Herz ist klein, darf niemand hinein, nur du mein liebes Jesulein". Und die Mama? Und die

Claudia, meine Puppe? Dürfen sie auch nicht hinein?

Auf dem Weg zur Frömmigkeit gibt es vor jeder Unterrichts-stunde das "Vater unser" und mit Sr. Cäcilia wird vor der Klavierstunde in der hauseigenen Kapelle zu "ihm" gebetet.

Sr. Cäcilia nimmt ihren Rosenkranz und selbst betet man, es möge die Strafe nicht zu groß ausfallen, weil man die Tonleitern nicht geübt hat. Und nach dem Unterricht ein

"... der du bist im Himmel ..." oder eine Beichte, weil man der Glaubhaftigkeit nicht entsprach. Im Turnen zeigt Sr. Borromäa wie hoch wir das Bein heben müssen und im Garten ist "Betreten verboten". Das alles mag ja noch zu der damaligen Zeit gehören und kann man im

Sinne der Wahrhaftigkeit vom Jüngsten Gericht verschonen.

Nicht so folgende Stammbuch-Sprüche, die einer Zehnjährigen den Lebensweg in Frömmigkeit als Absolution g'schmackig machen wollen...

Sr. Luitgard:

"Vergiss nie, dass das Leben nichts ist als ein Wachsen in der Liebe und ein Vorbereiten auf die Ewigkeit."

Ja, Schwester, seit ich geboren bin, bereite ich mich auf das Sterben vor.

Sr. Franziska: "Lerne dulden, lerne tragen, lerne lieben und entsagen. Lerne schweigen und vergeben und du hast gelernt zu leben."

Ja, Schwester, ich dulde, ich trage, ich lerne, liebe und entsage mehr als mir lieb ist.

Ich schweige niemals und vergebe nur
was ich vergeben kann.

Man soll die Glaubhaftigkeit nicht mit der
Wahrhaftigkeit verwechseln.

Dem Himmel sei Dank habe ich auch das
gelernt.

Ihre Haare

Ihre Haare sind dunkel und von dichten Naturlocken durchzogen und trotz ihres stattlichen Alters von knapp 50 Jahren kann sie bei der morgendlichen Überprüfung kein graues Haar finden. Im Gesicht trägt sie große traurige Augen der Farbe Blau, die von ihrem Gegenüber gern als Gebirgsseen benannt werden. Ein paar nachdenkliche Falten ziehen sich horizontal über ihre Stirn und auf den abgearbeiteten Händen machen sich die ersten Altersflecken bemerkbar. Sie gehört zu jenen Frauen, die schwerlich einen Partner finden, der größer ist als sie. Die langen dünnen Beine, welche ihren angestrengten Körper tragen sollten, kleidet sie ausschließlich in zeitlosen Hosen und ihre schmalen Füße sind in den letzten Jahren um eine Schuhnummer gewachsen. Sie sollte sich bewegen können wie die meisten anderen auch, die sie sieht. Sie sollte schlafen können, wie die meisten anderen auch, die sie kennt. Sie versucht es auf der rechten Seite des Bettes in embryonaler Seitenlage. Sie versucht es jede lange dunkle Nacht. Ihre Fingernägel sind abgekaut, aber sie schafft es trotzdem sie appetitlich aussehen zu lassen und sie hat seit 45 Jahren eine große Narbe am Knie. „Spuren des Lebens" wie sie es zaghaft nennt. Seit sie nicht mehr arbeitet, leert sie den Aschenbecher viel öfter aus als früher und denkt trotz schlechtem Gewissen nicht daran dieses Laster aufzugeben. Das sollen andere versuchen, die Kraft dafür aufbringen können. Sie braucht ihre verbliebene Kraft um ihr Leben, wie es eben jetzt ist, zu meistern. Irgendwann werde ich wieder mit bloßen Füßen den Waldboden spüren, denkt sie. Und irgendwann schaff ich es auch wieder den Nähfaden durch das Öhr einer Nähnadel zu fädeln, denkt sie. Obwohl ihr jegliche Art von Handarbeit, wie Nähen, Stricken, Basteln, seit jeher verhasst ist. Aber, schnell mal einen Knopf annähen können, was für andere eine Selbstverständlichkeit ist, erleichtert den Alltag in einer kleinen Form. Irgendwann bin ich wieder rundum selbständig, denkt sie und diese Gedanken ziehen sich wie ein roter Faden durch ihr Bewusstsein in den letzten zehn Jahren. Jeden Tag überprüft sie ihr Gewicht, aus Angst zu dünn zu werden. Essen ist zum Problem geworden. Essen zubereiten ist zum Problem geworden und deswegen verspürt sie vielleicht Appetit, jedoch nie Hunger. Das hat sie ihrem Bauch gelehrt. Er darf keinen Hunger haben, sonst täte er vor den unsäglichen Verpackungen der Lebensmittel verhungern, denn ihre Finger machen nicht mehr das, was sie von ihnen will. Und doch ist sie auch froh plötzlich nicht mehr „zu" dick zu werden. Das war nicht immer so. Wehmütig sieht sie sich Fotos an, von damals, und erkennt kein dickes Mädchen, weil ihr immer geboten wurde nur zu essen, wenn sie Hunger hat. Und das, obwohl ihr

Körper vom Kopf bis zur Zehe mehr als durchtrainiert war als Leistungssportlerin.

Sie konnte weit und hochspringen, sie konnte elegant über Hürden laufen und die schwere Kugel stoßen …

Die 60er und 70er

Ich bin 1960 geboren und habe einigen Wirtschaftsaufschwung miterlebt. Besonders was die Frauen und den Haushalt betrifft. Plötzlich gab es tiefgekühlte Fertigkost von Iglo für die berufstätige Frau oder unter anderem das Waschpulver von Ariel, um das Hemd des Gatten noch weißer zu machen. Das Backpulver von Dr. Oetker machte aus jedem Teig einen Gugelhupf und mit dem ersten Farbfernseher sammelten sich die Nachbarn bei uns im Wohnzimmer, weil sie selber keinen hatten. Der Tombola-Hauptpreis einer Weihnachtsfeier. Vorbei waren die Zeiten von Zeitungs-Klopapier (das hängte in handlichen Stücken geschnitten auf einem großen Nagel im WC). Das weiche "Cosy" beherrschte den Klopapiermarkt. Wer es sich nicht leisten konnte, aber trotzdem diesem Komfort nicht abschwören wollte, so wie meine Familie, durfte mit erhobenem Zeigefinger nur ein Blatt pro Sitzung verwenden. Hier stellt sich die Frage nach dem tatsächlichen Komfort.

Unser Auto war eine alte 2CV-Ente. Immerhin fuhr meine Mutter täglich damit ins Büro bei der Kronen Zeitung, außer Mittwoch. Das war der autofreie Tag für uns, wegen der Benzinknappheit. Nahezu jeder Mensch mit Sehschwäche trug dicke,

braune, große Hornbrillen.

Partyhäppchen wurden für jeden Anlass

zubereitet. Das bedeutete für jedes Kind
der Familie einen Tag in der Küche.
Hunderte und Aberhunderte kleine
Häppchen mussten mit Brot, Aufstrich,
Käse, Schinken, Sardinen, Oliven, Kapern,
Eiern, Kaviar etc. etc. kreiert und auf
einem Zahnstocher aufgespießt werden.
Die Mutter lud sehr gerne ein. Der
Marlboro-Mann rauchte von den
Plakatwänden und
"Chat Noir" war Pflicht für jede
wohlriechende Frau. Ach ja, und der
"Zick-Zick-Zyless" löschte die Tränen
beim Zwiebelschneiden.
Das Huber-Trikot, das Eau de Cologne
4711, das Pitralon Rasierwasser, der
Triumph-BH und vieles mehr.
Heute laden wir unsere Handys auf,
vergleichen Provider-Preise und merken

uns Identifikations-Nummern.

Die zweite Hälfte des 20. Jahrhunderts war spannender als die erste Hälfte des 21. Jahrhunderts ist. Und dabei habe ich noch nicht mal von Woodstock und Uschi Obermayer * gesprochen.

* "Rockmusik Groupie" aus der 68er-Bewegung

Wo wollen's denn hin?

Gewiss erkämpft man sich jedes Jahr die Bewilligung für einen Reha-Aufenthalt in Bad Pirawarth. Nicht um geheilt zu werden, sondern um den Ist-Zustand so lange wie möglich durch Bewegungstherapie zu erhalten.

Bad Pirawarth bietet sich aus mehreren Gründen seit Jahren an. Zum einen sind die Therapien und ihre TherapeutInnen für den eigenen Bedarf wie geschaffen und zum anderen ist die Strecke von und zu Wien für Besuche leicht bewältigbar. Außerdem ist man im Hause schon gut bekannt, was auch den einen oder anderen Vorteil mit sich bringt.

Als „alter Hase" sozusagen, stellen sich diese Aufenthalte mittlerweile auch immer mehr als Sozialstudie heraus. Viele Menschen aus allen Gesellschaftsschichten beherbergt diese Einrichtung. Man fühlt sich für die Zeit des Aufenthaltes gemeinsam mit den anderen als "Insasse". Die Außenwelt ist sehr weit weg bis kaum erreichbar. Darüber hinaus hätte man das eine oder andere Wort mit seinem „draußen" wahrscheinlich nicht gewechselt, sofern man das Gegenüber überhaupt kennen gelernt hätte.

Das Haus hat vier Stockwerke. Für gesunde Zweibeiner wird die "gesunde Stiege" beworben. Für alle anderen gibt es drei Lifte. Einen kleinen für schlecht gehende Zweibeiner ohne Hilfsmittel. Die Mehrheit der Leute aber benützt Hilfsmittel (Rollstuhl, Rollator, Rollmobil, Gehbock, Krücken, etc.) und teilt sich die restlichen zwei Lifte.

Man kann nur mutmaßen, warum diese beiden Lifte viel zu klein sind:

1. Der Architekt war bzw. ist selbst von eher kleiner Statur.

2. Der Architekt hat auf die Benützung mit Hilfsmittel vergessen.

3. Aus wirtschaftlichen Gründen sind mehr Personen in der Klinik untergebracht als ursprünglich geplant.

4. Es soll eine "Begegnungszone"

geschaffen werden.

Jedenfalls darf davon ausgegangen werden, dass dieses Liftkabinen-Spielfeld ungeahnte Möglichkeiten für verkannte Lift Boys und Girls, sowie Platzwarte und Platzwartinnen bietet.

Der Tagesinhalt besteht unter anderem darin, die entsprechenden Therapie-räume aufzusuchen. Vom 4. Stock bis in den Keller wird geturnt, geschwommen, geknetet, untersucht und noch vieles mehr. Das bedeutet oftmalige Liftbenutzung.

Selbst wenn man bislang glaubte, ein abgeklärter Mensch zu sein, spätestens beim Betreten des Aufzuges glaubt man es nicht mehr. Ungewollt wird man Subjekt des Anstoßes, weil man mit dem

Rollstuhl 2 cm zu weit weg vom Rand steht, 5 cm zu weit hinten ist oder nicht sofort bei Betreten sein Ziel kundtut. Oder weil man dem vermeintlichen Lift Boy erklären will, dass der Aufzug nirgendwo hinfährt, wenn er den gelben Knopf mit der Glocke betätigt.

"Wo wollen S' denn hin?" oder „Fahren Sie runter oder rauf?", sind nur zwei Beispiele der vielen immer wiederkehrenden Fragen in der Liftkabine. Die Antwort nach fünf Wochen Lift-Qualen: "Ich will an die Ostsee", wurde wohl nicht verstanden, aber man hat endlich die Spielregeln durchbrochen auf diesem Spielfeld, welches man nicht mal im Traum freiwillig betreten würde. Und die Frage, ob dies ein reines Bad Pirawarth

Phänomen ist, stellt man sich lieber erst gar nicht.

Eigentlich verstehe ich es nicht …

Lucht ins Dinkel

Sicher ist es schwierig für jemanden, der sich nicht in der Nähe von Behinderungen bewegt, nachvollziehen zu können, was an „Licht ins Dunkel" stört. Was „Licht ins Dunkel" so Erbrechens-tauglich macht und warum jedes Jahr, spätestens im Dezember, die Diskussion um „Licht ins Dunkel" beginnt.

„Licht ins Dunkel" der Spendentopf für ganz besondere Opfer. Bevorzugt Rollstuhlfahrer:innen mit Tetraparese oder Lähmungen. Ein Treppenlift da, ein neuer Rollstuhl dort und das schlechte Gewissen ist schnell beruhigt. Kein Mitleid hält sich in Grenzen. Mitleiden ist die Devise. Und spenden, spenden, spenden. Es darf geholfen werden.

Die Fragen, die sich aufwerfen, gehen in folgende Richtung: Wie wird bestimmt, welches Opfer von dem Spendentopf naschen darf? Welches Opfer leidet genug dafür? Warum müssen Menschen mit Behinderungen automatisch Opfer sein, damit ihnen geholfen wird? Warum muss mitgelitten werden? Ist es nicht genug, wenn einer leidet? Warum geht es Menschen mit Behinderungen im Dezember, im "Monat des Herren", besonders schlecht? Licht ins Dunkel?

Wisch und weg

Bis jetzt ist das Zitat „Wisch und Weg"
nur im Zusammenhang mit Küchenrollen
in meinem Kopf vorgekommen. Es gibt
Plattformen, die sich darauf spezialisiert
haben, Personen zusammen zu führen
oder mit "Wisch und Weg" auseinander
zu bringen bzw. gar nicht erst in
Berührung kommen zu lassen. Das
Portraitfoto einmal nach links gewischt
bedeutet X, weg, schließen, auf
Nimmerwiedersehen und so weiter.
Einmal nach rechts gewischt bedeutet
Herz, du gefällst mir, ich will dich näher
kennenlernen. Die Profile sind einfach
einzurichten, unter der Rubrik "Interesse"

kann man 500 Zustände, Hobbys, Mahlzeiten, etc. auswählen. So weit so gut. Unter der Rubrik "Alkohol" gibt es eine Multiple Choice Antwortmöglichkeit: a) Ich trinke nicht, b) ich trinke in Gesellschaft, c) Ich trinke gerne und viel. Beim Rauchen darf man sich überlegen, ob es "gar nicht geht", man "Partyraucher" oder "Kettenraucher" ist. Die Antworten erweisen sich als schwierig, da nichts zutrifft. Wie denn auch? Wenn man kein Kettenraucher ist, aber auch kein Partyraucher und prinzipiell die Einstellung zu diesem Thema "geht gar nicht" ablehnt.

Der Computer fährt hoch und es ploppt sofort das Foto einer Männergestalt auf. Bier trinkend, rote Augen, von der Schulter bis zum Hals tätowiert. Eigene

Angaben: Trinke nur in Gesellschaft und Rauchen geht gar nicht. Also, wenn das nicht geschwindelt ist! Überhaupt drängt sich die Seite selbst in eine niveaulose Schwindelei und das Schlimme daran ist, dass es an den Menschen selbst und ihrer Präsentation liegt.

Hubert, 47, beschreibt sich als netten Typen ohne Ansprüche … gibt es das überhaupt in der westlichen Welt?

Franz, 52, spricht Deutsch und sitzt auf einem Motorrad … sonst nichts.

Gerald, 48, ist spontan und erlebnishungrig. Er posiert mit Goldkette vor einer Strandbar. Oberkörper nackt und durchtrainiert … eh klar.

Hunderte Beispiele, die ihres Gleichen suchen, sind nennenswert. Warum präsentieren sich nicht nur manche,

sondern ganz viele Menschen so billig?
Liegt es an Intelligenz, an
Menschenkenntnis, am
Selbstdarstellungstrieb?
Diese Plattformen sprechen doch nur
Menschen an, die sich nichts erwarten
oder das Einfache als gut genug
empfinden. Eine Woche aufploppende
Männerportraits im Schwimmbad, im
Bett, vorm Meeresufer, in der Bar, im
Aufzug, auf dem Fußballplatz, in der
Fitnesskammer oder in den Armen
anderer Frauen haben meinen Horizont
genug erweitert. Bis jetzt gibt es in
Sachen Paarungs-Apps nichts, worauf
man im Internet bauen könnte. Und doch
lernen sich die Menschen heutzutage
weit öfter im Netz kennen als im Club.
Ich glaube noch immer an die Möglichkeit

im Internet einen Mann kennenzulernen, der mir etwas vorliest. Aber wo, wenn nicht mit "Wisch und Weg"?

Der Arzt kommt ins Haus

Hatten Sie schon einmal einen Auto- oder Haushaltsschaden? Und mussten Sie dann um die ihnen zustehende Versicherungssumme streiten? Oder ist die Auszahlung gar abgelehnt worden, obwohl Sie jahrelang eingezahlt haben?

Ähnlich verhält es sich beim gesetzlichen Pflegegeld. Nur mit dem Unterschied, dass dieses eine Lebensnotwendigkeit impliziert.
Seit man berufsunfähig geworden ist, ist die Pensionsversicherungsanstalt auch Machthaber über das Pflegegeld. Ganz sicher nimmt man staatliche Hilfe nicht

gern in Anspruch. Jetzt, wo es aber so sein muss, gilt es sich zu arrangieren und zu kämpfen. Denn Gerechtigkeit, soziales Engagement und Kompetenz sind Begriffe, die der Versicherungsträger ersetzt durch Willkür, Bürokratismus und Eigennutz.

Zwar könnte man sich in allen Belangen an dessen Ombudsmann wenden, hätte einem dieser nicht zu verstehen gegeben, dass er Ombudsmann der Pensionsversicherungsanstalt ist und nicht des/der Versicherten.
Man wundert sich. War man doch der Meinung, dass der Ombudsmann eine Person innerhalb einer Organisation vertritt und nicht die Organisation an sich. Aber natürlich lässt man sich auch

hier gern eines Besseren belehren.
Schließlich könne man sich ja auch
vertrauensvoll an den Bürgermeister
wenden, heißt es. Jedoch drängt sich die
Frage auf: Was hat der Bürgermeister mit
folgender Problematik zu tun? Nämlich
mit der Einstufung des Pflegegelds.

Auszug aus dem Bundespflegegesetz:
"Ziel ist es, in Form eines Beitrages
pflegebedingte Mehraufwendungen
pauschaliert abzudecken, um
pflegebedürftigen Personen so weit wie
möglich die notwendige Betreuung und
Hilfe zu sichern, sowie die Möglichkeit zu
verbessern, ein selbstbestimmtes,
bedürfnisorientiertes Leben zu führen" (§
1 Bundespflegegeldgesetz).
Ein Satz, mit dem man sich anfreunden

könnte, würde er der Realität
entsprechen. Trotzdem traut man sich
und sucht um Erhöhung an. Hat sich doch
der Gesundheitszustand in den letzten
zwei Jahren drastisch verschlechtert. Das
Bundessozialamt erkennt, dass der
Behinderungsgrad von 50% auf
70%angehoben werden muss und die
Gebietskrankenkasse bewilligt einen
Elektroscooter, damit Mobilität im Alltag
kein Fremdwort mehr bleibt.
Nur die Pensionsversicherung sieht das
offensichtlich anders. Zwar kommt der
Anstaltsarzt ins Haus, auch untersucht er
die Körperfunktionen mehr als gründlich,
wenngleich man ihm Befunde der
letzten 27 Jahre vorlegt. Er spricht eine
Litanei in sein Diktafon,was man alles
nicht mehr selbstständig bewerkstelligen

kann, und wünscht alles Gute.

Letztendlich ist man angewiesen auf eine Haushaltshilfe, denn Putzen, Kochen und Einkaufen gehört schon lange nicht mehr zur alltäglichen Bewältigung. Ein Zivildiener ist notwendig, um die außerordentlichen Erledigungen zu übernehmen und darüber hinaus werden Familienangehörige benötigt, die beim Anziehen, Essen zerkleinern, Massieren und bei der Körperpflege behilflich sind. Nichtsdestoweniger erhält man sechs Wochen später einen ablehnenden Bescheid.

Vielleicht wäre es zu verhindern gewesen, hätte man nicht darauf bestanden, die Klettverschlüsse der

Schuhe selbst zuzumachen. Man ist nämlich froh, wenigstens das noch eigenständig zu Wege zu bringen und will sich dabei von keinem fremden Mann helfen lassen. Ein Fehler? Stellt das ein Kriterium des gesamten Pflegebedarfs dar?

Natürlich weiß man, dass Versicherungen darauf bedacht sind, die zustehenden Beträge nicht auszahlen zu müssen. Aber mit der gleichen Vorgangsweise im Pflegebedarf hat man nicht gerechnet. Was jetzt? Man sucht Unterstützung bei der Arbeiterkammer und erhebt Klage gegen die Pensionsversicherungsanstalt. Gewiss hat man im bisherigen Leben davon Abstand genommen, die Gerichte zu bemühen. Ist man doch der festen Annahme, dass gesunder

Menschenverstand genügen müsste, um zu seinem Recht zu kommen. Weit gefehlt!

Das Arbeits- und Sozialgericht erkennt jedoch die Notwendigkeit und die Erhöhung der Pflegestufe wird rechtskräftig, wenngleich die Pensionsversicherung sich nach wie vor gegen die Niederlage wehrt. Auszug aus dem neuerlichen Bescheid: "Pflegestufe 3 wird bis 31. 7. 2008 anerkannt. Der Gesundheitszustand lässt nach medizinischer Erfahrung eine Besserung erwarten, die den Wegfall (die Herabsetzung) des Pflegegeldes wahrscheinlich macht." Das mutet sarkastisch an, durchlebte man doch die letzten 27 Jahre das genaue Gegenteil.

Wenn man davon ausgeht, dass "Erfolgserlebnisse" von Menschen mit Behinderung sich mehr oder weniger auf die Erhöhung der Pflegestufe reduzieren, so erfährt man auch zum wiederholten Mal einen Verlust in der Wertvorstellung vom sozialen Verständnis unseres Landes. Offensichtlich benötigt auch die Pensionsversicherungsanstalt bei der Abhandlung der einzelnen Versicherungsfälle dringend Hilfe, damit endlich Gerechtigkeit und Kompetenz, nicht nur Eigennutz und Willkür zum Einsatz kommen! - Die Pensionsversicherung, ein Pflegefall?

Offener Brief an eine Plattform

Es geht nicht darum, ob ich zufrieden bin und auch nicht, ob „Fisch&Fleisch" es ist. Es geht darum, dass hier Meinungsäußerungen zugelassen werden, die in der heutigen Gesellschaft nicht zuträglich sind, um nicht zu sagen, keinen Platz haben dürfen! Und zwar deshalb, weil sie gegen die Würde des Menschen sprechen. Es sind reaktionäre und diskriminierende Meinungsäußerungen, die ganze Menschengruppen betreffen.
Zur Erklärung möchte ich daran erinnern, wie oft ich wegen meiner Behinderung auf dieser Plattform diskriminiert worden

bin. Trotzdem hat sich die Plattform nicht positioniert und es zugelassen, beziehungsweise ihr Spielfeld dafür zugänglich gemacht.

Nein, die "Gegenseite" bekommt von mir keine Berücksichtigung, wie dies von der Plattform gewünscht wird, weil sie keine Berücksichtigung bekommen darf!

Jemand wie Frau Sch...., und deren gibt es viele, schreibt diskriminierende Beiträge und Kommentare, welche die Plattform sogar ab und an als Tagesthema wählt. Und das kann ich nicht nur als "Fehler" der Admins relativierend betrachten, wie es ebenfalls gewünscht wird.

Es geht darum, dass die Freiheit der Äußerung einer Meinung dort aufhört, wo sie das Menschenrecht missachtet. Meinungsäußerungsfreiheit ist in der

Menschenrechtskonvention verankert, genauso wie die Würde eines Menschen. Ich finde es durchaus legitim, Beiträge über Leute zu schreiben, die permanent die Würde des Menschen verletzen und ganze Menschengruppen diskriminieren. Dies öffentlich zu machen, wirft ein schlechtes Licht auf „Fisch&Fleisch". Ein schlechtes, rechtes Licht. Die Meinungsäußerungsfreiheit muss man verstehen, um so eine Plattform führen zu können. Mit Aufrichtigkeit bin ich der Meinung, diese Plattform versteht sie nicht. Denn, zurück bleibt nach dem willkürlichen Löschen von Beiträgen und dem diktatorischen Schließen von Diskussionen, ein Spielfeld für Identitäre und AfDler, während Humanität und Weltoffenheit sich immer mehr zurückziehen.

Gleich ist nicht gleich

„Niemand darf wegen seiner Behinderung benachteiligt werden. Die Republik (Bund, Länder, Gemeinden) bekennt sich dazu, die Gleichbehandlung von behinderten und nicht behinderten Menschen in allen Bereichen des täglichen Lebens zu gewährleisten."
So steht es geschrieben in Artikel 7 des Österreichischen Bundesverfassungsgesetzes.
Wo das zum Tragen kommt, bedarf jedoch einer genaueren Prüfung.
Nehmen wir einmal an, Sie hätten eine schwere, unheilbare Erkrankung.
Natürlich gehören Sie zum Kreis der

begünstigten Behinderten und natürlich sind Sie auch „stolzer" Besitzer eines amtlichen Behindertenausweises. Also trifft das oben zitierte Gleichstellungsgesetz der Bundesverfassung auf Sie zu. Rein theoretisch. In der täglichen Praxis wiederum erfahren Sie eine sich wiederholende Ignoranz. Nicht nur im täglichen, öffentlichen Leben.

Haben Sie schon einmal versucht, „barrierefrei" zu reisen? Nein? Das ist nicht weiter verwunderlich, weil es das nämlich gar nicht gibt. Unsere Bundesbahn schmückt sich zwar gern mit diesem sozialen Wort, aber die Umsetzung fällt offensichtlich schwer. Es gibt Züge, da ist ein Behindertenabteil

nicht einmal vorgesehen. So wie zwischen
Wien und München, wenn Sie auf Grund
Ihrer Behinderung in Salzburg nicht
umsteigen können und wollen. Und
haben Sie sich vielleicht auch noch
erlaubt, eine Ein- und Ausstiegshilfe
anzufordern? Dann war das unüberlegt
sich darauf zu verlassen, denn die
erscheint nur imaginär.

Ob Bundesbahn, Straßenbahn,
öffentliche Toiletten, Geschäftseingänge,
Umkleidekabinen, Kinos oder Theater - es
macht den Eindruck, als gäbe es kein
Gleichstellungsgesetz.

Auch wenn es darum geht, die noch
verbleibende Lebenszeit zu finanzieren,
kann man davon nur träumen.

Berufsunfähigkeitspension. Wie der
Name schon sagt: man ist berufsunfähig

geworden. Das Arbeiten wurde zur unüberwindbaren Herausforderung und man hat sich schon monatelang gequält, die körperliche Anstrengung zu ignorieren. Man sucht Perspektiven und trennt sich schwer vom sozialen Arbeitsgefüge. 30 Jahre harte Vollzeitarbeit (davon 26 Jahre mit Erkrankung) und nebenbei zwei Kinder großgezogen, darauf ist man stolz. Die gesetzliche Karenzzeit nimmt man nur teilweise in Anspruch, weil das Leben mehr kostet als es kosten darf. Und den Versuch, sich einen eigenen Arbeitsplatz zu schaffen, hat sechs Jahre lang die Sozialversicherung der Gewerblichen Wirtschaft durch schwer verdiente Beiträge zur Kenntnis genommen. Und jetzt? Die Pensionsversicherung rechnet und errechnet. Sie addiert und subtrahiert. Sie multipliziert und dividiert. Das Ergebnis lässt sich auf der Zunge zergehen.

Zwar hätte man Anspruch auf ein mehr oder weniger würdiges Dasein für den Rest seines Lebens, jedoch so einfach ist es nicht, diesem Anspruch gerecht zu werden. Schließlich hat man nicht lange genug gearbeitet und das muss bestraft werden. Deshalb wird schnell noch etwas subtrahiert und Vater Staat tut seine Pflicht. Er spendet ein paar zerquetschte Euros, um seine Gesetzmäßigkeit zu demonstrieren. Der soziale Absturz ist vorprogrammiert - beträgt der plötzliche finanzielle Abstrich immerhin knapp die Hälfte des zuletzt erworbenen Einkommens.

Sie wundern sich, während Sie das lesen?
Sie haben sich als nicht behinderter
Zeitgenosse noch nie Gedanken darüber
gemacht? Oder nicken Sie mit dem Kopf,
weil Ihnen das bekannt vorkommt?
Oberflächlich betrachtet könnte man
meinen, dass das Gleichstellungsgesetz
hier zum Einsatz kommt. Ob mit oder
ohne Behinderung, der prozentuelle
Abzug bei vorzeitiger Inanspruchnahme
der Pension ist für jedermann/frau gleich.
Sei es, dass man die Alterspension nicht
erreichen will oder sei es, dass man sie
nicht erreichen kann. Jedoch
unterscheiden sich hier nicht die
Ausgangssituationen grundlegend?
Ist es für den einen die freie
Entscheidung sein restliches Leben mit

gravierenden finanziellen Einbußen zu gestalten, so ist es für den anderen mitunter das unfreiwillige Resultat einer schweren Erkrankung. Die Gleichstellung sucht man hier zwar intensiv, aber vergebens. Darüber hinaus ist man Bezieher des gesetzlichen Pflegegeldes und plötzlich weit davon entfernt, dieses für den vorgesehenen Zweck verwenden zu können. Als Mensch mit Behinderung wird die Bewältigung des Alltages zu einem immer wieder kehrenden Hürdenlauf und man ist auf tägliche Hilfe angewiesen, auch wenn es schwer fällt die Selbständigkeit zu verlassen. Zivildiener und Haushaltshilfe sind nicht mehr leistbar und die Verantwortung muss in Zukunft von Familienmitgliedern übernommen werden.

Was bleibt? Man überlegt diesem Desaster zu entkommen oder es zumindest hinauszuschieben. Gewiss war das bisherige Leben geprägt von Rechtschaffenheit, Pflichtbewusstsein und Ehrlichkeit. Jetzt kommt man plötzlich in den Notstand, Wege zu suchen, dem vorzeitigem Pensionsantritt mittels Krankenstands zu entgehen, auch wenn die Rechtmäßigkeit fraglich ist. Noch ein unfreiwilliges Resultat, dessen psychischer Effekt nicht außer Acht gelassen werden darf. War doch im bisherigen Berufsleben solch eine Vorgangsweise undenkbar. Die Überzeugung, dass man vom Staat dazu gezwungen wird, erleichtert zumindest das schlechte Gewissen.

Es sei der Missbrauch im Zusammenhang

mit der Berufsunfähigkeitspension dahingestellt, doch nur so ist die angewandte Berechnung erklärbar. Aber wünscht man sich nicht eine individuelle Bearbeitung – in allen Bereichen? Ist die österreichische Verwaltung nur in der Lage alle „gleich" zu behandeln? Gleich schlecht, gleich bürokratisch, gleich ignorant?

Vielgeliebtes, soziales Österreich!

Der sensible Assistent

Prinzipiell kaufe ich Toilettenartikel
lieber allein. Und wenn zu zweit, dann mit
jemandem des gleichen Geschlechtes,
also mit einer Frau. Es ist nämlich
mühsam jemandem zu erklären, was man
will, wenn derjenige komplett andere
Hygiene-Gepflogenheiten hat.
Ich gehe davon aus, dass Paul noch nie
Abschminktücher oder eine Avocado-
Gesichtsmaske gekauft hat. Wohl aber
Rasierwasser, Aftershave und
dergleichen.
Wie auch immer, es ergibt sich ein
Drogeriemarktbesuch mit Paul.
Zahnpasta, Spülmittel, Küchenrollen sind

schnell im Einkaufswagen.

„Paul, ich brauche noch Feuchttücher".

Vor den Lippenstiften bremse ich den Rollstuhl ein und Paul wandert allein durch den Drogeriemarkt auf der Suche nach den Tüchern.

Plötzlich höre ich ihn vom anderen Ende des Geschäftes rufen: "Gabi! Für das Gesicht oder für den Arsch?!"

Bitte wie? Höre ich richtig?

Offensichtlich hat Paul die Feuchttücher gefunden und das weiß jetzt nicht nur ich, sondern auch das ganze Geschäft! Ich überlege, wofür ich die Tücher überhaupt brauche, und entschließe mich für die einzig richtige Antwort mit lauter Stimme: "Für den Arsch, Paul! Für den Arsch!"

Mein Tisch

Ich weiß ja nicht, wie das bei anderen so
ist. Ich jedenfalls, habe mir in meinem
Leben unverzichtbare Dinge angeeignet.
Wie etwa Zigaretten und Zahnbürste.
Vielleicht hat die Unverzichtbarkeit auch
mit Gewohnheit zu tun, aber in einigen
Fällen nicht nur! Denn auch die
Funktionalität spielt ab und an eine Rolle.
Zum Beispiel ein guter Tisch.
Was ist nun ein guter Tisch? Sicherlich hat
hier nicht jeder Mensch den gleichen
Anspruch! Jedoch von meinem Tisch und
dem dazugehörigen Anspruch will und
kann ich erzählen.
Mein Tisch ist mittlerweile 30 Obermeir-

Jahre alt. Das ist fast ein Drittel Jahrhundert! Ob und was für Jahre der Tisch vorher hatte, ist mir nicht bekannt. Angeblich war er neuwertig, als ich ihn kaufte. Er kam in einem großen Container von einer Möbeltischlerei aus Madras in Indien. Im englischen Kolonialstil gemischt mit asiatischen Einflüssen gehalten, ist seine Vollholzplatte für sechs Personen und etwa 15 cm dick. Die vier gedrechselten Beine haben einen Durchmesser von ebenfalls etwa 15 cm und verzierte Eisenverstrebungen als zusätzliche Verbindung und Verstärkung zur Tischplatte.

So, und wie kam ich nun zu diesem Tisch? Tatsache ist, er ist der erste "richtige" Tisch in meinem Leben und wird auch der letzte sein. Denn er hat sich in den 30

Jahren um keinen Deut verändert! Er steht hier, in meiner Küche, bomben- und felsenfest und wird auch noch genauso stehen, wenn es mich nicht mehr gibt. Garantiert überlebt er mich unverletzt! Auf meinem Tisch schreibe, esse und arbeite ich. Auf meinem Tisch gibt es viel zu besprechen, zu diskutieren und zu organisieren. Auf meinem Tisch wird getanzt, gespielt und gelacht! Er ist mein "richtiger" Tisch seit 30 Jahren!

Wie das Leben so spielt ... Ich arbeitete damals in einem Einrichtungsgeschäft in der Wiener Innenstadt. Die Besitzerin war die unerträglichste Chefin in meiner 30-jährigen Laufbahn, dem Broterwerb hinterher zu hetzen. Sie war immer betrunken, bissig, ungerecht und ein kleiner VIP, der den größeren, für mich ebenso unbedeutenden, VIPS ihre Wohnungen und Häuser um Unsummen "verschönerte".

Wie auch immer. Ich war Buchhändlerin und suchte nach dem Karenzurlaub einen Job. Der Mann dieser Chefin war der Chordirektor der Volksoper und der Chef meines Mannes. Ich begann als Einrichtungsberaterin und "rechte Hand" in sämtlichen geschäftlichen Agenden. Ich brauchte den Job und mein Mann wollte seit Jahren in den Hauptchor der Volksoper, sodass eine mögliche Erfüllung durch meine Tätigkeit zu erhoffen war.
Ich wusste, um wie viel Geld sie den Tisch inklusive Transportkosten in Indien einkaufte. Nämlich um 600 ATS, damals

noch. Sie verkaufte ihn in ihrem noblen Palais-Schuppen um 10.000 ATS. "Sie, Frau Obermeir, können ihn um 6.000 ATS haben. Aber bar! Nicht mit Kreditkarte!" (O-Ton). Sie verlangte einen Wucherpreis, obwohl sie wusste, dass mir der gigantische Aufschlag bekannt war! Es war demütigend, so demütigend wie sie ihre Angestellten immer behandelte. Aber ich wollte den Tisch unbedingt. Ich legte ihr sechs blaue Scheine hin und dachte mir "Leck mich, du Hexe!"

Ich habe es nie bereut und würde den Tisch wieder und wieder kaufen. Weil er es wert ist, weil er ein Tisch ist, der eine Geschichte hat. Weil er ein Tisch ist, auf dem vieles passiert. Weil er ein Tisch ist, der alles kann, was ich von ihm brauche.

Und das ist in erster Linie Beständigkeit und Multifunktionalität. Auf diesem Tisch darf auch mal geschimpft oder ein Witz erzählt werden, der für die Gesellschaft nicht zuträglich ist, denn er schweigt wie ein Grab.

Übrigens: Mein Ex-Mann schaffte es trotz meiner zweijährigen Tätigkeit in diesem Wahnsinnsladen nicht in den Hauptchor. Vielleicht sang er einfach wirklich nicht gut genug, denke ich mir heute.

Frühstück mit Mr. Grähäm

Graham ist eine Getreidemischung, dieser Meinung war ich bis heute. Schließlich war es ja auch die Meinung meiner Mutter. Und was die Mutter gesagt hat, war richtig, und zwar immer! Oder doch nur meistens? Manche Dinge waren eben nur richtig bis zur Sturm- und Drang-Hinterfragungszeit. Manche Dinge jedoch wie der-die-das Graham haben echt eine glaubhafte Hinterfragungs-Beständigkeit.

Heute bin ich eines Besseren belehrt worden. Die Erleuchtung, um nicht zu sagen die Ermahnung, ereignete sich beim Frühstück. Resetarits und Molden wollen mir zwischen Kaffee (ohne Zucker mit einem Schuss Milch) und Grahamweckerl mit Ziegenkäse musikalisch versichern "...da Mama ois glaubn, hots eh ned brocht… ". Und mein Sohn Valentin will wissen, was eigentlich Graham ist.

"Eine Getreidemischung!", bin ich überzeugt und stolz die Frage beantworten zu können. Valentin will es genau wissen. Was für Getreidemischung? Keine Ahnung. Gerste und Hafer, vielleicht wegen den Buchstaben G wie Gerste und H wie Hafer. Valentin lässt nicht locker. Na gut, dann eben G wie "gut bekömmlich" und H wie "hammergeil" oder so ähnlich. Ein Lachmodus auf Höchststufe ist die Folge und der Ziegenkäse rutscht von alleine in die Kehle. Seit junge Menschen Freundschaft mit Google und Wikipedia geschlossen haben, ist die Glaubhaftigkeit an Ältere ein Auslaufmodell. Selbst, wenn man mit dem physischen Original eines Duden trumpfen will. Es wird gesucht, aber nicht gefunden. Auf der-die-das Graham haben die Dudens offensichtlich vergessen! Und ganz genau hier entfleucht der Glaube an die Gerste und den Hafer.

Und jetzt kommt's! Aber Mutter, verzeih'! Ich werde plötzlich den Verdacht nicht los, du hättest mir für mehrere Jahrzehnte meines Lebens einen schönen Blödsinn ins Gehirn gesäuselt, nichts für ungut! Was sagt unsere Freundin Wikipedia? Eine wesentliche Rolle in

Sachen Graham spielt der amerikanische Prediger aus dem 18. Jahrhundert. Mr. Sylvester Graham (Grähäm). Damals war das dunkle Brot ein "Arme-Leut'-Essen". Die gehobene Mittelklasse bevorzugte das Weißbrot. Die helle Farbe des Teiges ergab sich durch die Bleichung mit Chlor. Mr. Graham war fest überzeugt, dass ein dunkleres Brot viel nahrhafter sei. Er entwickelte einen Teig ohne Bleichung aus Vollkornweizenschrot.

Ich staune. Auf jeden Fall habe ich wieder etwas gelernt. Dieses Mal jedoch nicht von dir, Mutter!

Morgen bestelle ich beim Bäcker ein Grähämweckerl fürs Frühstück.

Stiefel

Ich weiß schon, in den heutigen
Modevorschriften ist alles erlaubt. Man
kann sogar sagen, dass es gar keine
Vorschriften gibt. Ich denke da zum
Beispiel an den bauchfreien Trend! Egal
wer bauchfrei trägt, Hauptsache ist eben
bauchfrei. Realität und
Wunschvorstellung über das Aussehen
stehen hier oftmals in einem sehr
merkwürdigen Verhältnis. Aber auch zwei
verschiedene Socken sind in,
beziehungsweise man schaut gar nicht
hin. Zu meiner Zeit gab es weitaus
strengere Modevorschriften. Zum
Beispiel das Tragen von Rot und Blau war

ein absolutes "no go" und wurde durch strenge und prüfende Blicke zum Martyrium. Aber auch in der heutigen Zeit gibt es Grenzen zwischen hübsch und nicht hübsch, nur die gesellschaftliche Akzeptanz ist um vieles größer geworden als damals. Wie In-Ja trotzdem die Modewelt in ihrer Vorstellung von hübsch und nicht hübsch vor eine kleine Herausforderung stellt, sei hier erzählt. In-Ja ist mein Stiefneffe aus München. Sein Vorname hat koreanischen Ursprung und löst oftmals Fragezeichen und akustisches Unverständnis in der Gesellschaft aus. Zu verdanken ist das meinem Schwager, In-Ja's Vater. Aber das ist eine andere von vielen Geschichten. In-Ja lernt Wien und seine Wiener und Wienerinnen mit aller Komplexität und stolzem Facettenreichtum kennen. Während dieser Zeit macht er sich auch vertraut mit meinem kleinen Universum und arbeitet erfreut bei mir als Persönlicher Assistent. An die Freude glaube ich zumindest, wissen tue ich es nicht. Es ist nämlich unmöglich wirklich etwas über diesen Menschen zu wissen. Sollte man im Leben einmal auf In-Ja treffen, bewegt man sich zwischen geballter Erkenntnis, ernsthafter Wahrhaftigkeit, bewusster Satire, unverwechselbarer Unaufmerksamkeit, authentischer Grenzenlosigkeit und verschlossenen Toren. Ein spannendes Unterfangen ...

In-Ja soll mir während eines winterlichen Spitalaufenthaltes, die Stiefel aus meiner

Wohnung bringen. In-Ja kennt diese Stiefel nur zu gut. Sie erhielten von ihm sogar schon starke Bewunderung, als ich sie bei Schneelage ohne Socken trug ohne dabei kalte Füße zu bekommen. Billige Moonboots, die ihren Dienst schon längst aufgeben könnten, es aber nicht tun. Bei der nächsten Gelegenheit kommt In-Ja mit den Stiefeln in einer Tasche ins Spital. Die Tasche wandert in den Spint. So weit so gut. Noch werden sie nicht gebraucht. Jedoch am nächsten Tag will ich an die "frische" Luft. Nicht in die weihnachtliche Wiener Winterlandschaft. Nein, nur vor die Anstalt zum Haupteingang. Denn weiter ist es ohnehin nicht erlaubt. Ich sitze schon fertig eingepackt, mit Schal und Haube im Rollstuhl und Mary holt die Tasche mit den Stiefeln. "Du Gabi, da stimmt was nicht!", lacht Mary und stellt die Stiefel vor mich hin. Mein Blick täuscht nicht. Das war kein Stiefel-Paar! Da steht ein Lieblings-Stiefel für den rechten Fuß und ein zweiter, viel kürzerer Stiefel, offensichtlich wohl auch für den rechten Fuß! Beide sind schwarz. Das ist aber auch die einzige Gemeinsamkeit, die sie haben! Während der eine Stiefel fast bis zu den Knien geht, ausgelatscht ist und Schmutz aufweist, ist der andere funkelnagelneu ohne Gebrauchsspuren und reicht nur etwa bis zur Wade. Gewiss, heutzutage sind auch zwei verschieden hohe Stiefel erlaubt. Aber beide für den rechten Fuß? Da hat In-Ja wohl mitgemacht, aber nicht mitgedacht! Nach seinen Darstellungen war kein Licht in der Garderobe und er konnte beim Einpacken nichts Genaues sehen! Okay, das kann ich verstehen. Wo kein Licht ist, sieht man nichts. Logisch …

Also, nichts mit frischer Luft an diesem Tag. Ich stellte das vermeintliche Stiefel-Paar vor mein Krankenbett, jedoch nicht ohne dabei auf In-Ja zu vergessen! Am nächsten Morgen, als er seinen Assistenzdienst antrat, stellte ich ihm, mit unermesslicher Spannung auf die Antwort, folgende Frage:

"In-Ja, betrachte die Stiefel genau. Wo liegt der Fehler?"

Und übrigens:

Die Modevorschriften in Spitalsanstalten beschränken sich auf hellblaue Nachthemden. Alles darüber hinaus, wie ungleiche Stiefel, sind maximal ein

"Hingucker".

Nachtrag:
Dieser Tage stöberte ich in den Briefen
meiner Mutter aus längst vergangenen
Zeiten. Folgender Absatz beschäftigt
mich seither:

"Ui, du schlimmes Kind! Du hast mir zwei
verschiedene Stiefel geschickt! Zwar sind
beide schwarz, aber sonst haben sie
nichts gemein! Soll ich jetzt mit
verschieden hohen Stiefeln rumlaufen?
Ui, du schlimmes Kind!" (1983)

Arbeitslos und rechtswidrig

Ja, in den achtziger Jahren war die
Arbeitslosigkeit noch eher verpönt. Es
gab schließlich viel mehr Jobs als jetzt.
Und vor allen Dingen waren die
Anforderungen für einen Job bei weitem
nicht so hoch als jetzt. Arbeitslos
bedeutete für viele ein
Sozialschmarotzer zu sein. Vor allem für
jene, die nicht arbeitslos waren. Das
Schubladendenken in der Gesellschaft
gab es nicht weniger als jetzt.
Man ist jung. Man kann noch Bäume
versetzen. Man will noch mehr erleben
als in der Provinz und verlässt seinen
Familiensitz. Wien, die "neue" Stadt ist

groß. Man muss sich erst zurechtfinden. Die kleine Wohnung im 13. Bezirk ist feucht, weil im Tiefparterre gelegen. Dafür aber billig. Seit zwei Wochen ist man arbeitslos gemeldet und hat durch den ganzen Übersiedelungsaufwand wenig Geld. Sehr wenig Geld. Jedoch ist man überzeugt, dass diese Phase nicht lange andauert und man schnell einen Job in einer Buchhandlung findet. Die Welt des Buches hat man gelernt und war in der Heimatstadt schon fünf Jahre als Buchhändlerin tätig.

Mit dem Stadtplan unterwegs, will man den Schottenring überqueren und steht schon länger bei der auf Rot geschalteten Ampel. Kein Fahrzeug in Sicht. Man denkt an den alten Mann, dem man neulich begegnete. "Entmündigen lasse ich mich nicht!", murmelte er und überquerte mit dynamischem Schritt, den auf Rot geschalteten Fußgängerübergang. Also, man läuft ganz schnell über den Zebrastreifen am Schottenring und missachtet das rote Licht. Angekommen auf der anderen Seite steht da ein Polizist. Er hat alles beobachtet und spricht in derbem Wiener Dialekt, den ich hier nicht wiedergebe. "Du bist gerade bei Rot über die Kreuzung gegangen!". Man beteuert seine Schuldhaftigkeit und ringt um Verständnis. Immerhin sei kein Fahrzeug weit und breit zu sehen gewesen und man hat es schon eilig. "Das kostet dich 50 Schilling!", sagt der Polizist. Man hat jedoch das wenig übrigbleibende Geld für diesen Monat nicht eingesteckt und kramt trotzdem in seinen Hosentaschen. Nein, man habe kein Geld eingesteckt, weil man arbeitslos ist und nichts davon unnötig ausgeben darf. Aber man ist gerne bereit, am nächsten Tag in die Wachstube zu kommen und die 50 Schilling zu bezahlen. Der Polizist wirkt erstaunt und verärgert. "Was? Du bist arbeitslos und gehst bei Rot über die Kreuzung? Das gibt eine Anzeige!"

Seit wann ist die Arbeitslosigkeit an das Verkehrsrecht gebunden?

700 Schilling war man plötzlich dem Staat für dieses Delikt schuldig! Das war zur damaligen Zeit und als Mensch ohne Arbeit ziemlich viel Geld, unmöglich das bezahlen zu können. Am nächsten Wachposten erzählt man von dem Vorfall

und sucht um Ratenzahlung mit 10
Schilling Monatsraten an. Das wurde noch
am Wachposten sofort bewilligt.
In nahezu sieben Jahren hat man die
Schuld bis auf den letzten Groschen
beglichen. Natürlich hätte man sich auch
schon viel früher dieser Last befreien
können, schließlich hat man ja schnell
einen Job gefunden. Jedoch dieser
gemeinen Unmenschlichkeit unter vier
Augen wollte man nicht klein beigeben.
Polizei ist wichtig. Doch ein paar
unwichtige Beamte richten oft einen
sozialen Schaden an, für den sie nicht
belangt werden.
Na, dann ! Ich bin nicht mehr arbeitslos,
darf ich jetzt bei Rot über die Kreuzung?

 P.s. Was macht ein Polizist wenn er in
Pension geht?

Er kauft sich eine Ampel und macht sich selbständig.

Eigentlich mochte ich dieses Gewerbe …

Der Meister des Hauses

Nein, man kehrt den Schmutz seiner Schuhe nicht absichtlich unter die Fußmatte vor der Eingangstür, damit der Hausmeister mehr Arbeit hat. Wie bitte? Und, stellen Sie sich vor, man dämpft auch nicht seine Zigaretten im Stiegenhaus aus, weil man den Klinkerboden zum Aschenbecher degradiert. Was bitte? Sowie man weit davon entfernt ist die Haustüre mehrmals täglich beim Verlassen sperrangelweit offen zu lassen, um den nächsten Einbrecher einzuladen. Geht's noch?
Man zählt sich nämlich zu der

ordentlichen Sorte Mensch, die Rücksicht nimmt auf andere Lebewesen. Erst vor ein paar Tagen hat man seine Umzugskartons in den 3. Stock transportieren lassen, um sich in jenem, für diese Gegend ungewöhnlich, schmucken Haus niederzulassen. Es zeugt von unvergleichbarer innerer und äußerer Sauberkeit und fügt sich glänzend in das staubige Stadtbild.

Dass dies mitunter unbestritten auf die fleißigen Hände des Hausmeisters zurückzuführen ist, weiß man dankend zu schätzen. Wenn da nicht diese unvermittelten Anschuldigungen wären, welche von dieser Berufsgruppe gern in die Richtung der neu Hinzugezogenen verlautbart werden.

Viermal hat man in dieser Stadt schon

seinen Wohnsitz gewechselt und die Möglichkeit gehabt plausible Rechtfertigungen für nicht vollbrachte Untaten im Haus zu suchen. Hier sei der geistigen Kreativität freier Lauf gelassen! Letztendlich will man ja ein gutes Einvernehmen mit dem Herrscher über Schmutz und Sauberkeit, Gut und Böse. Nein, man hat seine Zigaretten nicht im Stiegenhaus ausgedämpft, weil man nie die Zigaretten im Stiegenhaus ausdämpft.

Durchaus gerne ist man kooperativ und bedingungslos bereit, zur lückenlosen Aufklärung sämtlicher Sabotagehandlungen gegen die Reinlichkeit beizutragen. Aber man darf auch zu Recht seinen Unmut äußern, wenn die Reinigung des Stiegenhauses passiert, indem ein großer Eimer Wasser im letzten Stock entleert wird und sich ein breites Rinnsal schön langsam bis ins Erdgeschoss schlängelt. Wie es der letzte Hausmeister gerne pflegte zu tun. Wenn man sich dann noch erlaubt, justament zu diesem Zeitpunkt nach Hause zu kommen, tut man besser daran auf Zehenspitzen zu seiner Wohnung hochzusteigen. Das könnte nämlich Anlass zu einer konfliktträchtigen, hausmeisterlichen Begegnung werden. Nein, man kehrt den Schmutz seiner Schuhe nicht absichtlich unter die Fußmatte, weil man trotz allem dieses aussterbende, menschliche Gewerbe gerne einer anonymen Reinigungsfirma vorzieht.

Wohlan, Meister des Hauses! Man

bemüht sich Ihnen gerecht zu werden!

Eigentlich kann ich es nur so erklären …

Vom Einatmen und Auslassen

Wenn man schnell und viel einatmet,
ohne auszuatmen, bekommt man
irgendwann keine Luft mehr. Oder besser
gesagt, trotz Luft holen gibt es nicht
genug zu atmen. Oder so ähnlich …
Andererseits atmet man auch schnell und
viel ein, um Luft zu bekommen, die man
im schlimmsten Fall nicht zur Verfügung
hat.
Ich habe in meinem Leben sehr viel und
schnell Luft geholt. Mit anderen Worten,
ich habe nichts ausgelassen. Rock n Roll
und Anarchie, John Wayne und
Stahlstadtkind, gelbes Gewölk der

Chemie Linz AG inmitten von Revolte und Pubertät, Leben im Himalaya und Molotowcocktails zum Opernball, "Hoch die internationale Solidarität!" am 1. Mai und dazwischen Kinder Küche Kabinett. 100 Zigaretten und drei Tequila in Ehren. Ein Revolver als Erbstück und tonnenweise beschriebenes Papier. Ein Lebenspartner und ein viertel Jahrhundert, zwei Buchhandlungen und die Frage nach dem Sinn des Lebens, zwei Geburten und die Antwort auf die Frage nach dem Sinn des Lebens.

Und dann habe ich ausgeatmet. Lange ausgeatmet. Heute mache ich einen Spagat zwischen Ausnahmezustand und Ich-AG, Rollstuhl und Sprossenwand und zwischen Emotionen und Pragmatismus,

Dank dem Versuch Solidarität zu leben, Unmenschlichkeit zu missachten und Ungerechtigkeit zu bekämpfen. Ich kehre Vereinen den Rücken, um meiner Überzeugung treu zu bleiben, ich fluche auf Behörden und Institutionen, weil nach 35 Jahren der Diagnose das Kanzleipapier unerträglich geworden ist.

Und ich schüttle jedem Mitglied der Hearing-Kommission des Menschenrechtshauses persönlich die Hand, um meinen Kreislauf zu beruhigen. Nebenbei lache ich, wann immer ich kann, nicht nur über Ernst Jandls Sprachkünste und versuche es ihm gleich zu tun. Mit meiner Knopfsammlung mache ich jedes Brandloch zu einem Blickfang und meine AssistentInnen dürfen sich merken, was ich vergesse. Egon Schieles Selbstportrait verfolgt mich durch die ganze Wohnung und mein Name in der Gebärdensprache ist 'die Rote'. Ich werde geliebt und verflucht, aber sobald ich weiß, warum das alles, erfahre ich nichts Neues mehr in meinen Selbstgesprächen.

Es wird Zeit einzuatmen und etwas auszulassen im Leben. Wenn ich bloß wüsste, was? Darüber schreibe ich morgen.

Schwitzen Schweine?

Obwohl uns Schweine sehr ähnlich sein müssen, denn schließlich tragen wir ihre Herzklappen, haben wir Eines nicht gemeinsam. Sie schwitzen nicht. Oder fast nicht. Schweine haben, im Gegensatz zu uns Menschen, kaum Schweißdrüsen. Während wir unter die Dusche flüchten, um den Schweiß loszuwerden, suhlen sich Schweine im Schlamm, um ihren Temperaturhaushalt zu regeln. Dabei verlieren sie 2° Celsius Körpertemperatur und die kühlende Wirkung des Schlamms hält auch lange an. Beneidenswert. Außerdem schützt die Schlammschicht vor Insektenstichen und Sonnenbrand.

134

Ganz schön klug von den Schweinen.
Jedoch, dass Schweine klug sind, ist
schon spätestens seit George Orwell
bekannt, der ihnen in seinem Buch
"Animal Farm" die Macht erteilen hat.
Erhaben über alle anderen Tiere am Hof.
Tatsächlich können Schweine einen
Sonnenbrand bekommen, wenn sie keine
Schlammschicht tragen. Sie verwenden
sozusagen einen biologischen
Sonnenschutz und müssen nicht wie wir
jährlich den Sonnenschutzfaktor mit
chemischen Substanzen wie "Piz Buin"
erhöhen. Während wir über die
"Schweißtropfen-Armee im Kampf gegen
den Ventilator" Geschichten erzählen
können, machen Schweine 20 Atemzüge
in der Minute. Also, ein eher gemütlicher
Herzkreislauf, den unsere entfernten

Verwandten da haben.

Anders als wir Menschen, haben Schweine evolutionstechnisch in dieser Sache offensichtlich Schwein gehabt. Das Tier Schwein schwitzt nicht.

Jedoch, darüber hinaus, gibt es so manche Menschen, die sich als Schwein rühmen dürfen, was ja im Grunde genommen eine Beleidigung für das Schwein ist.

Die schwitzen dann aber auch.

Die Frage bleibt unbeantwortet.

Schwitzen Schweine?

Der Donaudampfer
am Donaudamm

Es war einmal ein Haus. Das Haus stand auf einem großen, grünen Grund und Boden. Vor dem Haus führte eine Betonstiege in die strömende Donau. Aber das Haus sah nicht aus wie ein Haus. Es war aus weiß gefärbtem Holz und stand auf vier Betonpfeilern. Es hatte einen Turm und an der Front des Hauptteils hingen rot-weiß-rote Rettungsringe. Als ob ein Donaudampfer am Donaudamm stehen würde.
Am Damm 13-14. Das "Strandhaus Lederer" war baulich etwas ganz Besonderes. Wie ein Dampfschiff und im

137

Stil des "Bauhauses" hat es Architekt Ernst Schwadron (gest. 1979) 1927 für Familie Lederer unterhalb der Burg Greifenstein am Donauufer, konstruiert und erbauen lassen.

Ein Schiff, ein Donaudampfer, ein Haus, ein Strandhaus, eine Badehütte.

Die vordere Fensterfront ließ sich von innen im Haus versenken, wodurch keine Fensterläden notwendig waren. Die Rückseite des Hauses hatte vier runde, rot gestrichene Fensterluken.

Der Hauptteil des Hauses war der Wohnbereich, eine Kombüse als Küche und eine Kombüse für die Toilette. Eine Waschkombüse gab es nicht. Man ging in die Donau und duschte mit dem Gartenschlauch. Im Turm gab es zwei Fenster mit jeweils einem Bett davor.

Eines nach vorne zur Donau und eines nach hinten in die Au und zu ein paar wenigen Hütten hinaus. Diese Fenster konnten nicht versenkt werden und gingen nach außen auf. Beide Dächer waren flach und hatten eine "Reling", ein Holzgeländer. Der Boden der Dächer war mit Teer versiegelt. Auch das Dach des Turmes war von außen erreichbar. An heißen Tagen erhitzte sich der Teer aber bis zur Unbenutzbarkeit. Wenn die Fenster und Luken im Wohnbereich offen waren, spürte man eine "Brise auf dem Schiffsdeck". Vom Turm war ein Seil zum Hauptdach gespannt, an dem viele verschiedene Wimpel als Länderflaggen im Wind wehten.

Das Haus stand mehrmals mitten in der Donau. Dann, wenn der Fluss weit über die Ufer trat. Man flüchtete sogar in das Turmzimmer, bis die Feuerwehr mit dem Boot kam. Jedes Jahr war man mit den Folgen des Hochwassers beschäftigt. Rundherum war ein auiges, sumpfiges und spannendes Gebiet, das offiziell als Hochwassergebiet galt. Jede Hütte stand auf Betonstelzen, um das Wasser abzuhalten.

Schlammwege führten durch eine kleine Siedlung, die man am besten mit dem Fahrrad befuhr. Schlangen und Igeln wich man aus und mit dem Kanu paddelte man durch unergründete Wasserwege in der Au. Es war ein Paradies mitten in einem Nationalpark.

1981 kamen die Bagger. Das Kraftwerk Greifenstein verdrängte die Natur und begradigte den Fluss. Die Steinstiegen vor dem Haus führten jetzt in einen angelegten Donau-Altarm. Hütten wurden gebaut, Gründe parzelliert und Wege betoniert. Die Donau-Au wurde zum "Caorle* von Wien". Die Hüttenbesitzer frisierten ihr Gras am Wochenende und der Fahrradweg Wien-Passau führte plötzlich am weißen Haus vorbei. Die Schleppschiffe, die von Odessa kamen, leuchteten nicht mehr in der Nacht mit ihren Scheinwerfern ins Turmzimmer, um das Ufer nach eine Anlegestelle abzusuchen. Die Passagiere der DDSG winkten nicht mehr im Vorbeifahren dem weißen Haus zu und das Hochwasser war nicht mehr so hoch. Die Natur wurde überwältigt Das Ende eines Paradieses.

* Badeort an der Italienischen Adria

Nummern-Chaos

5371....5731.....7513...dieser hartnäckige Versuch hat leider nicht geklappt. Sind das nicht die vier Zahlen der Sozialversicherungsnummer mit denen man versucht Geld aus dem Bankomaten zu locken? Schnell sucht die Chipkarte ihr neues Zuhause im Inneren des Automaten. Jedoch am Montagvormittag kann man ja das Missgeschick gleich im Bankgebäude deponieren und die Karte ist schnell wieder an ihrem gewohnten Platz in der Geldbörse. Dort und nirgendwo anders gehört sie auch hin! Hunderte und Aberhunderte Zahlen und Zahlenkombinationen haben sich im Lauf der Jahre jederzeit abrufbar im Gehirn platziert. Schließlich ist man ihnen freundschaftlich gesinnt und das Gedächtnis nimmt sie gerne auf. Anders verhält es sich mit Namen. So manch einer war schon verwundert, wenn nicht sogar brüskiert. Ist es doch eine Leichtigkeit Peter zu Paul und Ida zu Isa umzubenennen. Jedoch, was das Zeitalter der Technologisierung an zusätzlichen Zahlen mit sich bringt ist selbst für den eingefleischten Fetischisten dieses Gebietes eine nahezu unüberwindbare Angelegenheit. Die Zeiten in denen Geburtstage und Telefonnummern, bestenfalls noch Hausnummern das Gedächtnis belagerten sind längst Geschichte. Jetzt gilt es sich den PIN und am besten auch gleich den PUK für das Handy zu merken. Als Gegenleistung sind dafür alle Handynummern darin gespeichert, welche schlagartig gelöscht sind sollte es mal zu einem Wasserschaden kommen. Also am besten auch die Handynummern seiner Kontakte merken. Visa- und Bankomatcode bitte nicht mit der Sozialversicherungsnummer verwechseln und umgekehrt. Für das Telebanking das achtstellige Benutzerkennwort und das vierstellige Nummernpasswort eingeben und man muss sich auch noch für IBAN´s und BIC´s interessieren. Die Arbeitnehmerveranlagung verlangt einen endlos langen Teilnehmercode und eine nicht viel kürzere Identifikationsnummer. Der Laptop will ein Kundenkennwort, für das WLAN muss man eine achtstellige

Erkennungszahl samt Buchstaben eingeben. Darüber hinaus darf man Push und Tan nicht vergessen.

Für derlei, wie angeführt, lebensnotwenige Aktivitäten entpuppt sich der vorgesehene Speicherplatz im Gehirn schön langsam zum reinsten Nummern-Chaos. Nebstbei merkt man sich sicherheitshalber auch noch den PIN von Tochters Handy. Den hat man übrigens vor drei Wochen auch in den Bankomaten getippt. An einem Wochenende. Danke.

Das Malakoffmassaker

Man nehme Biskotten, Rum, Milch, Sahnesteif, Vanillezucker, Mandelsplitter und Schlagobers. Das haben Leni und ich verstanden und auch besorgt. Wir machen eine Malakofftorte. Meine Tochter und ich. Es ist eine Krönung, sozusagen, unserer letzten gemeinsamen Kochkreationen. Leni interessierte sich und das wollte ich mit allen Mitteln und jeder mir zur Verfügung stehenden Zeit fördern. Unsere gemeinsamen Küchenstunden häuften sich. Jedes von uns gekochte Rezept notierten wir unter folgendem Vermerk am Schluss: Was haben wir gelernt? Zum Beispiel: Fleisch immer gegen die Maserung schneiden oder Eier vor Gebrauch schütteln (Da erkennt man nämlich, ob sie noch genießbar sind.) und vieles mehr.

Eine Malakofftorte zu machen ist einfach, dachten wir. Kein Backen im Ofen und somit auch kein verbrannter Kuchenboden. Also was soll da noch schiefgehen? Die Malakofftorte besteht aus einer gemischten Masse obiger Zutaten, die man in eine mit Biskotten ausgelegte Springform füllt und dann im Kühlschrank mehrere Stunden kaltstellt. Die Masse schmeckte schon mal sehr lecker! Wir füllten sie in die vorbereitete Springform. Ach, diese Springform! Sie gehörte meiner Mutter und diente schon seinerzeit für etwaige Kuchen und Torten meiner Kindergeburtstage. Bei meinem Umzug von Linz nach Wien vor zwanzig Jahren konnte ich mich nicht von ihr trennen und nahm sie mit. Sie war mittlerweile verbogen, aber funktionierte meines Wissens einwandfrei. So, die Masse in die Form gefüllt und jetzt die Form in den Kühlschrank. Die Küche war klein und es brauchte nur zwei Schritte bis zum Kühlschrank. Ich hob die Form hoch und machte den ersten Schritt. Plötzlich löste sich der, im wahrsten Sinne des Wortes, springende Boden und bevor ich zum zweiten Schritt ansetzen konnte, schwappte die Masse über meinen Bauch und landete zielgerichtet auf dem grünen PVC unserer Küche! Das Massaker war perfekt! In der Hocke und aus

Verzweiflung schleckten Leni und ich zumindest die obere Schicht dieser köstlichen Masse mit einem Löffel runter. Der Rest musste wohl entsorgt werden. Was haben wir gelernt? Verwende für Malakofftorten niemals die alte Springform deiner Mutter!

Jahre später, schon längst in eine andere Wohnung gezogen, benutzte ich eine neue Springform in einer größeren Küche. Nun kam es, dass schon tagelang in der Familie diskutiert wurde, was denn, seit der Sohn ausgezogen ist, mit seinem leerstehenden Zimmer passiert. Meines Erachtens braucht es hier überhaupt keine Diskussion. Denn, schließlich bin ich die Einzige in der Familie, die kein eigenes Zimmer hat und in 23 Jahren auch nie eines hatte. Aber, dennoch. Es wird diskutiert. Fungiert doch noch immer das Wohnzimmer auch als Schlafzimmer und das könnte man jetzt endlich ändern!

„Mama, wozu brauchst du ein eigenes Zimmer? Du hast ja eh die Küche!", trägt Leni, mittlerweile zwölf Jahre, zur Diskussion bei.

Aha! Bis hierhin habe ich in meinem Leben noch nicht gedacht. Das bedeutet, ich darf mir die Küche einrichten. Ich brauche natürlich mein Bücherregal, meine Sitzbank und meine Stehlampe, damit ich die Bücher auch lesen kann. Am besten verlagern wir dann die Geräte, wie Herd und Geschirrspüler ins Wohnzimmer. Und dann ist auch Schluss mit der Benutzung jederzeit, was bei einer Küche ja prinzipiell eine

Grundvoraussetzung ist! Aber schließlich
brauche ich auch meine Ruhe! Oder wie
stellt sich das die Tochter vor? Gewiss
benutzte ich die Küche am meisten von
allen. Aber deswegen ist sie noch lange
nicht mein eigenes Zimmer!

Als Baby war Leni oft bei mir in der
Küche. Wie jedes Kind spielte sie mit den
Kochtöpfen, während ich das Gemüse
schälte. Das machte einen fürchterlichen
Krach, aber Hauptsache sie war
beschäftigt! Nebenbei versuchte ich, mit
dieser Geräuschkulisse die Kochvorgänge
trotz mangelnder Konzentration nicht zu
verwechseln. Dann kam der
„Zwergerlgarten". Ein Kindergarten für
Studentinnen und Studenten. Hier
mussten die Eltern einmal pro Woche
Dienst für 15 Kinder machen, darunter

das eigene. Entweder für alle kochen oder mit allen spielen war die Devise. Ich entschied mich anfangs für die Küche mit dem Hintergedanken alleine zu sein. So war es natürlich nicht. Leni war empört, dass ich ihr keine Aufmerksamkeit schenken konnte und saß weinend bei mir in der Küche am Boden, anstatt lustig mit den anderen zu spielen. Dabei hielt sie meinen „Rockzipfel" ganz fest und versuchte, mich davon zu überzeugen, dass ich jetzt unbedingt mit ihr spielen gehen soll! Oder sie streckte ihre süßen, kleinen Ärmchen nach mir aus. Jedoch nicht ohne laute Tränen, was soviel hieß wie: Ich will jetzt sofort von dir getragen werden, auch wenn du keine Hand frei hast! Das Essen rechtzeitig für 15 Kinder und vier Erwachsene fertig zu haben war

der pure Stress schlechthin. Schnell
tauschte ich den Kochdienst mit einem
Spieldienst am Nachmittag - in der
Hoffnung ... aber das ist eine andere
Geschichte.

Mittlerweile sind alle ausgezogen und ich
habe vier eigene Zimmer, wovon ich nur
drei verwende.

Das Malakoffmassaker haben wir hinter
uns gelassen und die vielen Babytränen in
der Küche auch. Die Leni und ich. Aber
keine von uns beiden versuchte sich
jemals wieder an einer Malakofftorte.
Trotz neuer Springform.

Namaste!

Selbst schuld. Damals, 1981, dort in Nepal. Genau genommen in Pokhara am Fuß des Himalayas. Wobei ja ganz Nepal am Fuß des Himalayas liegt und von Pokhara der Handelsweg nach Tibet führt. Auf 4800 m hörte ich „Selbst Schuld, wie hast du es bloß bis hier her geschafft?" Es war das Ziel unserer Trekking-Tour, der Pass nach Muktinath, das Grenzland zu Tibet.

1981 war Nepal noch sehr unerschlossen. Es gab für Nicht-Nepalis nur eine Straße zu benutzen zwischen Kathmandu und Pokhara und einen Fußweg (Handelsweg) von Nepal nach Tibet. Der

Ausgangspunkt war Pokhara. Wir lebten schon einige Zeit am nahegelegenen See, bevor wir starteten. Auf zu den ganz großen, starken, höchsten, Bergen der Welt! Annapurna, Mount Everest, Dhaulagiri und wie sie alle heißen. Sie ziehen mich an, sie lassen nicht los, sie sind stark. Irgendwann zogen wir unsere Schuhe an. Der See war noch umhüllt von einer dicken Nebelschwade, aus der zwei Männer in ihrem Boot erschienen. Sie riefen: „Namaste!". Ein guter Start.

Wir zogen von Bergdorf zu Bergdorf. Dies beanspruchte etwa acht Stunden täglich. Die Bergschuhe aus dem Trekking-Laden in Pokhara hängten sich an meine Beine wie Betonklötze und ich verfluchte den Laden gleich am ersten Tag. Ich konnte

Arnold mit seinen flinken Sportschuhen nicht folgen. So einen Trek kann man aber nur mit dem eigenen Tempo zurücklegen. Es kam, dass ich während des ganzen Treks die meiste Zeit alleine unterwegs war. Alleine im Himalaya. Am Abend, im nächsten Dorf angekommen, war Arnold schon erfrischt und saß bei seiner Schüssel mit "Dhal" (Linsen). Jeden Abend war ich erschöpft und fix und fertig, aber glücklich und zufrieden. Ich habe diese fröhlichen Menschen und die überwältigende Natur nicht nur gesehen, sondern auch gespürt. Und das nicht nur wegen meinen Blasen an den Füßen … von den Bergschuhen.

Es kamen mir Nepalis barfuß entgegen, die auf Stirn und Rücken drei und auch vier Kisten mit Flaschen trugen. Waren die Flaschen leer, gingen sie von oben runter ins Tal. Waren die Flaschen voll gingen sie hinauf, dorthin wo es nichts gab. Barfuß.

Ich traf Yaks, Yaks und wieder Yaks. So auch einmal als ich die erste Hängebrücke überqueren musste. Sie war baulich nicht mehr am "neuesten Stand". Bretter fehlten und das Geländer war zum Teil rissig. Die Schlucht war tief. Ich hatte ungefähr ein Drittel der Hängebrücke geschafft, als mir ein Hirte mit seiner Yakherde auf der Brücke entgegenkam. Ich erstarrte und wollte mir nicht überlegen, mit wieviel Gewicht die Hängebrücke in diesem Moment belastet war. Auch meine Schuhe waren schwer! Selbst schuld. Jedenfalls war die Herde schneller auf der anderen Seite als ich erst aus meiner Erstarrung finden musste, um weitergehen zu können.

Ich ging und ging zwischen den Achttausendern hindurch. Zwei Monate lang. Manchmal blieben wir auch ein paar Tage in einem Dorf, um auszuruhen. Wir spielten Schach oder tranken mit den Leuten Tee mit Yakbutter. Dieser Tee war ein ganz besonderes Gastgeschenk und es abzulehnen wäre eine große Beleidigung gewesen. Ich brachte meine Tasse kaum hinunter und der Anblick der Fettaugen aus Yakbutter verursachte mir Brechreiz. Trotzdem bedankte ich mich bei den Nepalis in dem ich einen Schluck dieser Eigenheit trank.

Namaste!

„I bin dort daham
wo meine Schlapf´n san!"

… sagte er und zog die Türe hinter sich zu. Eine unbekannte und überraschende Abschiedsfloskel. Er, der Michel. Er, der Helfer für alles. Er, der mit der lauten Stimme. Und er, der mit dem genussvollen Frühstück.

Seine Schlapf´n sind im Gemeindebau "daham", dort wohnte er.
Sie waren auch im Burgenland "daham", dort kam er her. Oder in Bad Pirawarth, wenn er vier Wochen seinen Körper trainierte.
Ab und an waren sie auch in der

Taborstraße "daham", damals.

Wir aßen Humus bis zur Bewegungslosigkeit und Butter bis zur Fettleibigkeit. Wir spielten "Schesch Besch" und schimpften auf vieles, worüber wir schimpfen konnten und wollten.

Dann kam ein Hund, ein Rollstuhl, ein Freund, eins zwei drei belanglose Hickhacks und noch mehr.

Es war Michel, der, der alles verzieh.

Es war Michel, der, den man liebgewonnen hatte.

Ich vergess´ dich nicht, Michel, niemals! R.I.P.

* In Jerusalem gab es früher zwischen Palästinensern und Israelis Schesch Besch Turniere. In Griechenland heißt das Spiel Tavli und in der Türkei Tavla. Es wird wie Backgammon gespielt, aber anders.

Grüß Gott

Gewiss, jemand der seine Auffälligkeit
vor sich herträgt, kann für die Eine oder
den Anderen nicht nur eine
Herausforderung sein, ist doch bis jetzt
die Erfahrung mit solcher Begegnung im
Leben ausgeblieben. Am besten macht
man einen weiten Bogen um diesen
Menschen herum. Man versteht ja nicht
einmal, wovon er spricht und warum er
lacht. Außerdem will man gar nicht
glauben, was er erzählt. Eigentlich will
man nur seine Ruhe und auch nur
Menschen um sich herum, die das gleiche
wollen. Man ist ohnehin genug damit
beschäftigt in dieser Anstaltslethargie

„Oberwasser" zu behalten. Ganz abgesehen von notgedrungenen Bekanntschaften, denen man im Raucherbereich nicht entgeht.

Obwohl man einen Zigarettenspitz von 20 cm Länge benutzt, um einen gewissen Sicherheitsabstand zu anderen Rauchenden zu halten, ist ein „Hallo!" oder ein „Wie geht's?" unumstößlich. Dass, aber jemand ein „Grüß Gott!" mit „Gott grüßt zurück!" erwidert, damit hat man nicht gerechnet. Das macht hellhörig und man denkt dabei nicht einmal an Frevel oder Lästerung, weil man nie an Frevel oder Lästerung denkt. Nein, man denkt an so etwas wie „Frechheit siegt" oder „Gott bin ich". Dieser Mann war anders als die anderen

Anstaltsgenossinnen- und genossen, die alle nur aus einem Grund hier sind, jedoch viele Gesellschaftsschichten präsentieren. „Bewegung ist alles" lautet die Devise dieses Hauses der Krankheiten und Verletzungen. Seit heuer trifft man sich draußen, um frische Luft zu rauchen. Zumindest jene, die dem Rauchen treu geblieben sind. „Schönen Abend!" ruft jemand, der den letzten Zug seines Glimmstängels nimmt und in Richtung Zimmer seine Beine langsam voran schiebt. „NEIN!", ruft Herr G. und springt von seinem kalten Stuhl auf, denn es ist Februar und die Stühle sind kalt. Zwar ist der beheizte Raucherbereich ein Werbeträger für die Anstalt, jedoch besticht diese Außenheizung an kleiner Größe. Maximal für eine Person wird der

Hoffnungsschimmer "Wärme" zum Placeboeffekt. Es wird getratscht und geraucht, gezittert und ausgedämpft. Herr G. fällt auf. Er ist laut, er ist mehr als laut, er ist immer laut. Ein langgezogenes „NEIIIN" oder ein, in hohen Tönen singendes „JAHAA", lachende, zappelnde Beine und ein weinerliches „MI KA!", was so viel bedeutet wie „Mir ist kalt!", das hat man für wahr noch nie von jemanden vernommen, geschweige denn gesehen oder gehört.

Wahrscheinlich kann Herr G. weder Kranke heilen noch auf dem Wasser gehen, aber er hängt seinen Ellenbogen aus seinem künstlichen (von ihm selbst patentierten) Ellenbogengelenk und schleudert den Unterarm herum wie eine Gummiwurst. Weil er es kann! Noch einmal springt er von seinem kalten Stuhl auf, streckt seinen Brustkorb heraus, wirft seine Arme in die Höhe und schreitet mit dynamischen Schritt Richtung Haupteingang der Anstalt. Gemurmel und Gelächter macht sich unter den anderen breit, die noch versuchen die letzte Zigarette in dieser verdammten Februarkälte vor der Nachtruhe zu genießen.

Wer ist dieser Mann? Wo kommt er her und wohin geht er? Es muss ein anderes Universum sein! Zumindest zwitschert das sein Freund, der weiße Hase, von den Dächern. Der schläft nämlich in seinem Bett. Angeblich.

„Schönen Abend, Herr G. und grüßen Sie Gott!"

O-Töne

Gesprochene Sätze und Original-Töne.
Aufgeschnappt in der Gesellschaft.
Unterwegs, in Verkehrsmitteln, im
Privatbereich, im Gesundheitsbereich, im
Freizeitbereich. Aufgeschnappt - überall.

"Das kann passieren. Ich bin auch nur ein
Mensch!"
Rechtfertigung einer U-Bahn Fahrerin,
nach dem Einzwicken des Rollstuhles
während man versucht auszusteigen.

"Muass des denn sein?"
Unverständnis des
Straßenbahnfahrers beim Einsteigen mit

dem Rollstuhl.

"Jetzt sitzen's ja eh schon im Rollstuhl,
und da müssen's dann auch noch
rauchen?"
Unverständnis einer Passantin.

"Wegen Ihnen muss ich jetzt den ganzen
Tag ein schlechtes Gewissen haben!"
Anschuldigung im U-Bahn Lift.

"Im Spital ist es normal, dass die Leute
nackt sind."
Aufklärung eines Pflegers.

"Ich musste mich um meine Lippe
kümmern!"
Rechtfertigung einer Krankenschwester
über ihre Abwesenheit.

"Wenn Sie das nicht nehmen, geht es mir
in zehn Jahren schlecht!"
Aussage eines Neurologen nach
Ablehnung seiner immunsuppressiven
Therapie.

„Schnipp Schnapp, Bein ab! Wollen Sie
leben oder sterben?"
Erklärung eines Unfallchirurgen über die
kommende Vorgehensweise.

"Wenden Sie sich an die Volkshilfe, die
zahlt auch Waschmaschinen."
Guter Ratschlag vom Büro Faymann
(ehem. Bundeskanzler)

"Wenn Sie noch einmal absichtlich
Küchendreck unter Ihre Fußmatte
kehren, damit ich mehr Arbeit habe,

melde ich das der Hausverwaltung."
Ungerechtfertigte Beschuldigung einer
Hausmeisterin.

"Zum Scheidungstermin kann ich nicht
kommen, an diesem Tag muss ich
arbeiten."
Terminkollision des Mannes vor der
Scheidungsrichterin.

"Ich nehme heute auch noch meine
Antidebreziner."
Speiseplan eines Patienten.

„Ich habe bitterlich geweint, als sie den
Eisautomaten abmontierten."
Verzweiflungsausbruch eines Neffen.

"Sie bekommen die Hälfte von zwei

Wochen Miete zurückerstattet!"
Aussage einer Versicherungsbeamtin der
Hausgenossenschaft.

„Lang schau i da nimma zua!"
Drohung eines Beobachters beim
Einparken des Autos.

„Wie haßen Sie eigentlich, Sie
Oaschloch?"
Identitätsfrage einer Würschtlstand-
Kundin in den frühen Morgenstunden.

„Ich nage am Hungertuch die Banken sind
mir auf den Fersen, die Frau friert zu
Hause und die Kinder müssen Fensterkitt
essen. Meine Socken haben auch schon
ein Loch. Die Überweisung der Tiwag,
Rechnung würde da wirklich helfen."

Öffentliche Kundgebung des Opfers
Ernst Strasser (Ehem. Innenminister).

„I am getting lost! Can you tell me the
way to Sigmund-Freud-Museum?"
Französischer Tourist in Badehose und
Flip-Flops.

„Schauen Sie mich genau an! Glauben Sie
wirklich, dass ich solche Hausschuhe
trage?"
Erklärungsversuch an eine Schuh-
verkäuferin.

Ein nett gemeinter Lösungsansatz

„Sterzinger"* mit seinem Akkordeon hat wieder gespielt, diesmal im „Ostklub".

Jedoch der „Ostklub" am Schwarzenberg Platz besitzt das Prädikat „nicht barrierefrei". Öfters schon wollte man das eine oder andere Konzert dort besuchen. Die Musik aus dem Osten – die Geigen und Ziehharmonikas – zählt schon lange zu den Favoriten unter den Musikstilen.

So wie viele Klubs, ist auch der „Ostklub" im Keller. Den Grund kann man mit Leichtigkeit nachvollziehen. Den Lärm, die Nachbarn und die Polizei ersparen sich die Verantwortlichen gerne. Aber gleich wie in allen anderen Klubs, gibt es auch im Ostklub keinen Treppenlift oder gar einen Aufzug in den Keller. Und selbst wenn es einen gäbe, müsste man sich unten die Frage stellen, wie man denn über eine andere Stiege auf die Toilette kommt. Nein, diesmal hat man den „Sterzinger" leider nicht gesehen und gehört. Vielleicht auch, weil man den zwar gut gemeinten, aber nicht durchdachten Ratschlag „man kann sich auch tragen lassen", nicht befolgt hat.

Aus Erfahrung weiß man, dass es nicht so einfach ist, sich tragen zu lassen. Und schon gar nicht im „Ostklub". Zuerst in den Keller, dann ein bis zweimal auf die Toilette und zu guter Letzt wieder aus dem Keller hinauf. Und sollte es auch kein Hindernis darstellen, weil genug helfende

173

Hände sich anbieten, so will man trotzdem nicht die ganze Verantwortung über sich Fremden in einem Nachtklub in die Hände legen.

Die Barrierefreiheit ist bis in viele Nachtklubs noch nicht vorgedrungen.

Drei Gründe bieten sich dafür an. Entweder denken die Veranstalter ebenso „man kann sich auch tragen lassen" oder sie denken nichts darüber oder sie denken, dass Menschen mit Behinderung ohnehin nicht in Nachtklubs gehen.

Nein, diesmal hat man den „Sterzinger"* leider nicht gesehen und gehört, aber auf jeden Fall selbst bestimmt sich nicht tragen zu lassen.

*Österreichisches Akkordeon- und Performance-Idol

174

Das Papier und der Revolver

Gabriela hat es sich genau überlegt. Sie weiß es seit 33 Jahren. Der Zeitpunkt wird kommen diese Geschichte niederzuschreiben. Es ist eine unfassbare Geschichte, die ihr Leben von Grund auf änderte. Es ist eine traurige Geschichte, die Gabriela noch immer zum Heulen bringt. Es ist eine Geschichte, die noch tiefer als ins Herz trifft. Es ist eine Geschichte, die sie nie vergessen wird. Es ist eine Geschichte, deren Geruch noch immer in Gabrielas Nase sitzt und es ist eine Geschichte, deren Bild sie noch immer erschrecken lässt. Es ist eine wahre Geschichte. Es ist eine Geschichte,

die ihr gehört. Ganz allein ihr und die sie
durch ihr Leben trägt. Gabriela trägt sie
nicht auf Händen. Sie trägt sie, weil das
Leben es von ihr verlangt.

August 1984. Sie war 24 und ihre
Schwester Daniela 26. Ihre Mutter hat ein
Treffen in Wien einberufen. Daniela
kommt aus New York. Gabriela ist gerade
dabei von Linz nach Wien zu übersiedeln.
Hätte Mutter nicht gesagt "Bitte komm
zu mir!", wäre sie vielleicht heute noch in
Linz. Sie sagt ja von sich selbst, ihr fehle
die Courage auszusteigen. Als Letzte in
der gemeinsamen Familienwohnung,
packt sie sogar Dinge in ihre
Übersiedlungskartons, die für ihr
weiteres Leben absolut unwichtig sein
werden. Wie zum Beispiel einen alten
Schraubenzieher, dessen Abnützung

allein durch die abgestumpfte Spitze, nicht zu reden von den Holzwürmern im Griff, sichtbar ist. Sie kann ihn sich für ihr weiteres Leben nicht wegdenken, so gewöhnt hat sie sich an ihn und an viele andere Dinge. Also, es gibt viel zu tun. Wie auch immer, am 24. August sollen alle drei bei Mutter in Wien zusammenkommen.

Die Spedition ist schon zwei Tage früher da. Gabriela auch. Sie ruft Mutter an, doch Mutter hebt nicht ab. Sie ruft mehrmals an, Mutter hebt nie ab. Wo ist sie bloß? Sie weiß doch, dass Gabriela und Daniela kommen! Sie schaut zu ihrer Wohnung in Gumpendorf. Niemand macht auf. Fliegen schwirren vor der Eingangstür. Viele Fliegen. Sie denkt sich nichts dabei, sie registriert es nur. Als

Daniela in Wien ankommt, gehen sie zu zweit auf die Suche nach der Mutter. Sie rufen mehrmals an, sie stehen mehrmals vor ihrer Türe. Erfolglos. In einem Kreis mit Freunden beschließen sie, auch zu ihrer Badehütte an der Donau zu fahren. Wobei sie wissen, wenn sie dort gefunden wird, ist etwas passiert. Es ist mitten in der Nacht. Alles finster, keine Beleuchtung in der Siedlung. Es brennt kein Licht in der Hütte. "Da ist sie nicht!".

Ihre Mutter war eine coole Frau. Gabriela war stolz auf ihre Mutter. Bevor alles begann. Sie war eine junge Mutter, eine kluge Mutter, für alle Späße zu haben und liebte die Schwestern bis zum Mond und wieder zurück. Aber dann, Gabriela war 15 Jahre, Schwester Daniela war schon nach Deutschland ausgewandert, begann Mutter plötzlich von Dingen zu sprechen, die sie nicht verstand. Und sie tat Dinge, die sie von einer Mutter nicht wollte. Gabriela lebte mit ihr allein in der großen Familienwohnung in Linz.

Plötzlich wurde Mutter krank. Ihr Leben hatte sie erdrückt. Ihre Seele weinte. "Wenn ich nach draußen gehe, leuchten meine erogenen Zonen phosphor-rot!", erzählte sie von ihrem Alltag. Nur wenn sie schrieb, war sie bei sich, in ihrer Mitte. Sie war Schriftstellerin und lebte die letzten Jahre in Wien. "Dort wo ich geboren bin, in Wien, möchte ich auch sterben.", sagte sie.

Sie besorgte sich einen Revolver und ging in den Schießkeller der Polizei, um zu üben. Sie wollte zielen können. Trotz psychosomatischem Attest bekam die Mutter einen Waffenschein. 1984. Sie war stolz auf ihren Revolver. Sie erzählte den Schwestern, wenn sie sich einmal umbringen will, dann nicht mit Schläfenschuss. Die Möglichkeit zu überleben ist zu groß. Der Revolver muss von unten an das Kinn gehalten werden, denn so gibt es keine Chance zu überleben.

Daniela und Gabriela gehen noch in der Nacht auf das Polizeiwachzimmer in der Nähe ihrer Wohnung. Sie glauben an Suizid, erzählen sie den Beamten. Gemeinsam mit der Rettung stehen die Schwestern vor der Wohnungstür ihrer Mutter. Der Schlüssel steckt innen. Die Tür wird aufgebrochen. "Da liegt sie ja!"

Gabriela bleibt wie angewurzelt stehen.
Es stinkt bestialisch nach Verwesung.
Schließlich war Hochsommer und die
Leiche lag schon mindestens eine Woche
dort. Auf einem Schafwollteppich.
Gabriela macht ein paar Schritte hinein
und sieht viel eingetrocknetes Blut und
den Körper der Mutter. Den Kopf kann
sie nicht erkennen. Die Rettung trägt die
Tote unter einem weißen Tuch auf der
Bahre davon. Vorbei an der Schwester
und ihr. Die Türe wird verriegelt. Sie sind
wie erstarrt, nehmen sich bei den Händen
und wackeln die Stiegen hinunter. Sie
schlafen die ganze Nacht nicht und lassen
ihre Hände nicht los. Mutter ist tot und
sie hat ihre Kinder hinbestellt, damit sie
gefunden wird. Neben ihr lag das
Tagebuch offen. Das Letzte von 72

Tagebüchern. Den letzten Eintrag hat Gabriela bis vor Kurzem in ihrem Leben nicht realisiert. Sie hat ihn verdrängt. Es ist der letzte Wille. "Den Revolver soll Gabi erben, sie wird ihn noch brauchen". Sie haben noch eine Woche Zeit, die Wohnung zu räumen. Der Schafwollteppich lebt. Alles riecht unerträglich. Von dem vielen beschriebenen Papier hat jedes einzelne Blatt den Verwesungsgeruch angenommen. Die Schwestern packen ein Leihauto voll mit dem Inhalt der Wohnung und fahren zur Müllhalde. Sie müssen ihre Mutter, sozusagen, auf den Müll werfen. Der Geruch, der Geruch! All ihre persönlichen Sachen, es war nahezu nichts aufzuheben! Am Hinweg bekommen Gabriela und Daniela hysterische Anfälle. Eine Mischkulanz zwischen starkem Heulen und übertriebenem Lachen. Sie sind wie in Trance. Der Geruch vergiftet und sie können das alles nicht begreifen. Die Mutter hatte zwar eine große Familie, aber niemand kommt, um den Schwestern zu helfen. Sie lassen die Kinder der Toten alles allein machen. Die Wohnung ausräumen, das Begräbnis organisieren und die Urne von Wien in das Salzkammergut zum Familiengrab bringen. Niemand unterstützt sie und Tante Trude sieht keinen Grund ihren Urlaub am Wolfgangsee im Wohnwagen abzubrechen. Nun denn, schon zu Lebzeiten war der Status in der Familie geschädigt. Warum auch sollte das nach dem Tod anders sein? "Die ist ja narrisch!", sagte die Großmutter. "Die gehört ins Narrenhaus!", sagte die Familie. Seit Gabriela 15 Jahre alt war, kämpfte sie für die paranoid-schizophrene und manisch-depressive Mutter in der Familie und in der Gesellschaft. Sie wollte es nicht zulassen, dass die Mutter ihr restliches Leben in einer psychiatrischen Anstalt verbringen musste. Damals noch kam man kaum mehr in die Freiheit, wenn man erst einmal in so einem Haus drinnen war. Die Leiche kommt in die Gerichtsmedizin, es soll jeder Verdacht auf Mord ausgeschlossen werden. Einige Wochen später, nachdem die traumatisierten Schwestern alles erledigt hatten, die Wohnungsräumung, die Verabschiedung, die Einäscherung, den Transport der Urne ins Salzkammergut und nicht zuletzt das Begräbnis ohne Pfarrer, bekommt Gabriela einen Anruf vom Notar. Er habe ihr noch ein Erbstück auszuhändigen. Es täte ihm leid, aber er muss es ihr geben. Es ist der Revolver. Grau vom eingetrockneten Blut ihrer Mutter steckt er in einem durchsichtigen Plastikbeutel. Der letzte Wille.

Das Papier

Zehn Kartons beschriebenes Papier, zehn große Kartons. Geschrieben auf einer Schreibmaschine. Zehn Kartons, in denen jedes einzelne Papier nach Verwesung riecht. Diese zehn Kartons nahm Gabriela aus der Wohnung ihrer Mutter an sich. Anfangs bemühte sie sich den bestialischen Geruch aus jedem Blatt

Papier zu verbannen. Sie spannte eine Wäscheleine im Hof des Mehrparteienhauses, in dem sie wohnte, und mit einer Kluppe befestigte sie bei Schönwetter jedes einzelne Blatt. Zum Auslüften. Jedoch die vielen Fragen der Nachbarn und die unendlich vielen beschriebenen Papierblätter, ließen Gabriela das Vorhaben abbrechen. Sie packte die Kartons unter ihr Bett, der einzig mögliche Platz in der Wohnung, und schlief darauf viele Jahre. Das geistige Eigentum und Erbe ihrer paranoid schizophrenen und manisch-depressiven Mutter.

Der Revolver
Gabriela war 24 Jahre jung, als ihr der Notar die Waffe mit dem

eingetrockneten Blut ihrer Mutter, übergab. Alles was sie zu dieser Zeit lebte war für sie wie ein schrecklicher Albtraum, aus dem sie irgendwann wieder erwachen würde, wünschte sie sich. Sie redete es sich so lange ein, bis sie davon überzeugt war. Ihr damaliger Freund meinte: "Einen Revolver kann man immer brauchen! ", und legte die Waffe unter den Fahrersitz seines Peugeot-Kombis. Gabriela sah das zwar nicht so, aber komplett überfordert wollte sie sich nicht darum auch noch kümmern. Und außerdem wollte sie überhaupt nichts mehr hören und sehen von Allem.

Wochenlang fuhren Gabriela und ihr Freund mit dem Revolver unter dem

Autositz von A nach B. Er wurde verdrängt, er wurde vergessen. Bis sich die Polizei meldete. Was denn mit der Waffe der Verstorbenen passiert sei? Schließlich sei es eine registrierte Waffe! Den Verbleib müsse man beweisen oder das corpus delicti der Polizei bringen! Damals war Gabriela noch rebellisch und wollte der Polizei keine Waffe schenken. Sie wollte den Revolver nicht zum nächsten Wachzimmer bringen. Also verkaufen. Aber wer sollte und wollte diese Waffe kaufen? Bestenfalls um einen Schilling veräußern und froh sein einen Kaufvertrag dafür zu bekommen, den man dann der Polizei schickt. Gabriela und ihr Freund fahren mit dem Revolver unter dem Fahrersitz auf die Mariahilfer Straße. Zum "Waffen Golob".

Ein alteingesessenes Geschäft seiner Art.
Ein sehr junger Mann bedient sie.
Möglicherweise ein Lehrling. Gabriela
legt den Revolver auf den Verkaufstisch.
Er ist noch immer grau vom
eingetrockneten Blut.
"Ich habe hier eine Suizid-Waffe und
brauche einen Kaufvertrag für die Polizei.
Ich möchte diese Waffe um 1 Schilling
verkaufen." Der junge Mann hört Gabriela
aber nicht zu. Er greift mit seinen bloßen
Händen in die Plastiktasche und holt den
Revolver raus. Er dreht und wendet ihn in
seinen Händen, während er sagt: "Der
muss lange unter der Erde gelegen
haben, weil er so grau ist." Gabriela
versucht es noch einmal. "Sie verstehen
mich nicht richtig, damit hat sich jemand
umgebracht!" Plötzlich lässt der junge

Mann den Revolver ruckartig auf den Boden fallen und schreit aus Leibeskräften "CHEEEF!!! CHEEEF!!!". Schnell läuft er aus dem Verkaufsraum. Neugierige Kunden haben sich mittlerweile um Gabriela und ihren Freund versammelt. Der Chef hat Handschuhe an und hebt den Revolver vom Boden auf. "Ein schönes Damenteil! Ich putze ihn, dann schaut er aus wie neu!" Die Polizei bekommt den Kaufvertrag.

An der Oberfläche hat diese Schicksalsgeschichte hier ein Ende.
Aus dem Albtraum ist Gabriela nicht erwacht.
Daniela ging nach dem Begräbnis wieder zurück nach Deutschland.

Mein Tisch mit (im Uhrzeigersinn)
Lena Pichemayer, Akram Abdelhedi,
In-Ja Ackermann, Valentin Pichelmayer,
Christiane Seifriedsberger

Der Donaudampfer am Donaudamm.
„Strandhaus Lederer" von Ernst
Schwadron 1923

Die Mutter Gerlinde Obermeir in den
60ern

Vier Mädchen am Klavier in Linz
Von links nach rechts: Gabi Obermeir,
Dorli Pirngruber, Hannerl Pirngruber,
Dani Obermeir

Namaste! Allein im Himalaya.

Tante Gretl („Dane")
Grete Schützenhofer

„Ihre Haare"

„Frühstück mit Mr.Grähäm"

INHALT